SIMON ELSON

GESCHICHTE DER UNORDNUNG

Blumenbar

SIMON ELSON

GESCHICHTE DER UNORDNUNG

ROMAN

Blumenbar

MIX
Papier | Fördert
gute Waldnutzung
FSC® C083411
FSC
www.fsc.org

ISBN 978-3-351-05124-2

Blumenbar ist eine Marke der Aufbau Verlage GmbH & Co. KG

1. Auflage 2024

www.aufbau-verlage.de
10969 Berlin, Prinzenstraße 85

Satz Greiner & Reichel, Köln
Druck und Binden CPI books GmbH, Leck, Germany
Printed in Germany

www.blumenbar.de

Meinen Eltern

Dem System kannst du entkommen, aber nicht den dunklen Kräften, die sich unter der Oberfläche verbergen.

Drugstore Cowboy (1989)

Ihre Gefühle sind ein Meer, tief und mit hohen Wellen aus schwarz-grünem Wasser, wie vom Grund angestrahlt. Eine Möwe stürzt kreischend vom Himmel, als wollte sie mit ihrem Schnabel die Schaumkrone durchstoßen, weicht im letzten Moment aus, schnellt wieder nach oben. Hoch, höher steigt die Woge, um dann, ohne zu brechen, vorwärts in die Breite zu walzen. Dahinter der Umriss eines Schiffs, ein taumelnder weißer Fleck in der Dunkelheit, von der nächsten heranrollenden Welle erfasst.

Ihre Gefühle sind wie ein Meer, dabei mag sie Wasser nicht sonderlich. Fast nie steigt sie in die Badewanne, in Pools oder Seen, ungern schwimmt sie im Meer mit seinen Strudeln, Strömungen, Stürmen. Lieber sitzt sie am Ufer, ein Taschenbuch vor der Nase, auf einem Handtuch im Schatten des Strandkorbs. Hin und wieder setzt sie den Sonnenhut auf, er ist rot. Sie geht zum Meer und kühlt die gar nicht braungebrannten Füße im Wasser. Kleine Ostseewellen erreichen ihre Zehen. Sie bückt sich, hebt eine Muschel auf, lässt sie in der Tasche ihrer weiten Hose verschwinden, dann noch eine und noch eine. Sie vertieft sich ins Muschelsammeln, die Farben und Formen hypnotisieren sie. Sie fängt an, leise zu summen. Ein altes christliches Lied. Als sie den Ruf einer Möwe hört, schaut sie auf, die Augen mit der Hand beschirmt. Sie blickt über die im Mittagslicht spiegelnde Fläche. Ein Vogel im Gleitflug, das ferne Fischerboot, Frieden – so ist das Meer erträglich.

Ihr Gefühlsleben hat auf mich gewirkt wie ein Sturm, wie eine Welle, wahrscheinlich schon als kleines Kind, bevor ich sie Mama nennen konnte. Ich musste die Welle gespürt haben, turmhoch dunkles Wasser, das uns zu verschlingen drohte. Ich fühlte auch die Sehnsucht nach Zärtlichkeit und Ruhe – wobei meine Mutter, als ich ihr von meiner Meeresvision erzählte, mit dumpfer Stimme durch ihr uraltes Telefon rief: »Aber das sind deine Gefühle, die du da beschreibst! Das ist dein Meer!«

Zu meinem Vater hatte ich keine Gefühlsvision. Ich traute mich nicht, meine Mutter zu fragen, wie sie seinen emotionalen Charakter beschreiben würde. Noch weniger gerne als über sich sprach sie über ihn.

I. KINDHEIT

FRÜHJAHR

Das große Wohnzimmer unseres Hauses, von einem wilden Waldgrundstück umgeben, lief steil nach oben, fast so spitz wie ein Zirkuszelt. Die Decke aus hellem Kiefernholz, dessen Maserung und Astlöcher immer neue Muster ergaben, wenn ich lange genug hinschaute. Jetzt war es dämmrig, ich sah die Zimmerdecke kaum. Mein Vater trug mich auf dem Arm, mein Kopf lag auf seiner Schulter, ich weinte.

Eben hatte ich noch im Garten gespielt, wo schon Krokus, Löwenzahn und Gänseblümchen blühten, dann war ein Gewitter aufgezogen. Aus Angst vor dem Donner floh ich nach drinnen. Da mein Vater zu Hause war, was nicht oft vorkam, tröstete er mich. Erstmal knipste er alle Lampen aus. Strom zieht Blitze an, hieß es. Wir standen im halbdunklen Wohnzimmer und draußen krachte und leuchtete es. Ich zuckte bei jedem Schlag zusammen und weinte lauter. Mein Vater wollte mit mir zum Fenster, ich sträubte mich. Er ging trotzdem näher zu den Donnerschlägen und Blitzen, ganz langsam. Er trug dicke Socken, seine Schritte auf den Holzdielen fast geräuschlos. Ich versteckte das Gesicht an seiner Schulter. Er sprach besänftigend auf mich ein.

Ich spürte den ruhigen Atem, seinen Körper, vollkommen entspannt. Auch ich wurde ruhiger. Ich krallte mich in die braune feste Baumwolle seines Pullovers, traute mich endlich, aus dem kleinen Wohnzimmerfenster zu schauen. Durch die Äste und jungen Blätter der hohen Bäume um unser Haus sah ich Blitze am Himmel. Sie leuchteten in einem grellen Blau-Weiß, das ich noch nie gesehen hatte. Dann der Donner, ein Grollen, das in der Ferne blieb, mir nicht mehr in den Magen fuhr. Ich verstand, dass die Welt davon nicht unterging. Was mein Vater sagte, hörte ich kaum, doch seine Stärke übertrug sich.

Er war stolz, erzählte beim Abendbrot, wie tapfer ich vom Fenster aus zugeschaut hatte. Mein kleiner Bruder hörte nicht zu, und meine beiden älteren Schwestern schmunzelten. Sie trauten sich bei Gewitter bereits auf die Terrasse, was meiner Mutter nicht gefiel. Sie saß gegenüber von Papa, am anderen Ende unseres großen, ovalen Holztisches, schmierte Butterbrote und half meinem Bruder beim Essen. Gerne schob sie ihm die kleinen Honigbrot-Stückchen in den Mund. Mutproben mochte sie nicht. Beim Schwimmunterricht kostete es sie sichtlich Mühe, mich dem handfesten Lehrer zu überlassen, der mich notfalls auch mal vom Einmeterbrett schubste und beim Tauchen unter Wasser drückte, damit ich das Seepferdchen-Abzeichen bekam. Andere Mütter schauten ihren Kindern durch eine Glasscheibe zu, die den Imbiss von der Halle trennte. Meine Mutter machte das selten. Ich hatte etwas von einer Heulsuse und sie war zart, oft ein bisschen »schlapp« – dieses Wort lernte ich früh von ihr. Wenn sie telefonierte, auf dem Sofa mit dem braunen Wollbezug, ging ich manchmal zu ihr hin und sie streichelte mich. Rhythmisch, wie eine Weberin am Webstuhl, strich sie mir das Haar hinters Ohr, blickte mich aus grünen Katzenaugen an, hell abgesetzt von ihrem dunklen Haar. Auch meine drei Geschwister wussten, dass sie das beim Telefonieren gerne tat.

Unser Garten, ein scheinbar riesiger Wald, war der beste Spielplatz. Das Haus, in einen Hang gebaut, hatte am unteren Teil drei Stockwerke, am oberen nur zwei. Es war neu, nach den anthroposophischen Prinzipien unserer Eltern, mit viel hellem Holz, Ecken und Winkeln, gemütlich und konfus. Warum die Fenster teils »schief« sein mussten, wie ich es als Kind ausgedrückt hätte, und warum es keinen einzigen viereckigen Raum gab, fragte ich mich nicht. Es war Zuhause, Zirkuszelt, meine Höhle und Burg. Ringsum standen auf einer Fläche größer als ein Fußballfeld gut dreißig hohe Bäume, zumeist Eichen. Die engen Pfade ums Haus konnte man mit dem Dreirad oder Fahrrad befahren, was meine Mutter bald verbot, da wir oft vom Weg abkamen und ihre Pflanzen zerstörten. »Nur Giersch ist Unkraut, weil der so wuchert«, erklärte sie.

Ich ging nicht in den Kindergarten, weil ich meinen jüngeren Bruder zum Spielen hatte. Und Mama. Sie war immer zu Hause und brachte mir alles bei. Dass das Gewässer unten an unserem Waldgrundstück kein Fluss, sondern ein Bach war, ein ziemlich schmaler. Dass man trotzdem darin ertrinken könne, vor allem im Frühjahr, wenn es viel regnete. Sie erklärte mir, dass Gummistiefel zwar unten dichthalten, aber oben volllaufen, wenn das Wasser zu tief ist. Und dann?

Einfach ausleeren, wieder anziehen, weiterspielen. Sie fand es in Ordnung, dass wir nie sauber, selten mit trockenen Füßen aus dem Garten kamen. Wir durften das Wasser des Baches trinken, »aber nicht aus den Pfützen auf der Straße«, mahnte sie. Schließlich wusste sie, dass ich einmal ein grau-pinkes Kaugummi vom Asphalt gekratzt und in den Mund gesteckt hatte, worüber mein Vater nur lachte. Dreck sei gut, weil er beim Kind die Immunabwehr stärke.

Wovor meine Mutter uns nicht warnte, weil sie das ausblendete: Wie böse die Nachbarn sein konnten. Herr Meck, den wir Meckeronkel nannten, wütete regelmäßig über den Jägerzaun seines Grundstücks, direkt hinter dem Bach gelegen. »Raus da, hier wird kein Staudamm gebaut, das Gelände gehört der Stadt!«

Eingeschüchtert zogen wir ab, waren am nächsten Tag jedoch wieder da. Wenn mein mutiger, jähzorniger, blond gelockter Bruder und ich nicht mit den Nachbarn stritten, stritten wir untereinander. Schubsten uns ins kalte Wasser, bewarfen uns mit Schlamm, zogen einander an den Haaren, kniffen. Manchmal bissen wir uns so in die Arme oder Beine, dass man den Abdruck der Zähne sehen konnte, als Beweis der Schuld des anderen den Eltern vorgezeigt.

Aber wir liebten uns auch, streichelten uns, gaben uns Gutenachtküsse, teilten unsere Beute – spitze Stöcke, scharfe Feuersteine oder ein paar mit dem Bauschutt vergrabene Pfennigstücke. Zeitweise konnte ich, der Ältere, meinen Bruder dazu bringen, genau das zu tun, was ich wollte. Abends im Bett musste er meinen selbstgestrickten Märchen lauschen, draußen dackelte er mit Holzschwertern oder Steinen bewaffnet folgsam hinter mir her, während ich das passende

Lied zu irgendeiner erfundenen Geschichte sang, in die ich uns verwickelte.

Wenn ich meinen Bruder nicht herumkommandierte, kommandierten meine Schwestern mich herum. Sie hockten mit gemütlichen Winterjacken im Baumhaus und säuselten, ich sei doch »so schnell«, »so stark«. Ich fühlte mich gut, wenn ich zum hundertsten Mal geschickt wurde, um Rosinen und Äpfel, ein Handtuch oder sonst etwas von Mama zu erfragen. Sie tadelte meine Schwestern: »Jetzt hört mal auf, immer euren Bruder laufen zu lassen!«

»Er will es ja«, verteidigten sich die Mädchen, ohne sich auch nur einen Millimeter zu rühren. Ich verstand das Problem nicht, ich war glücklich. Wieder kletterte ich die schiefe Baumhaus-Holzleiter hinab, rannte über die Terrasse ins Haus, stolperte über die Schwelle, flog hin, stand wieder auf, kam schließlich bei meiner Mutter in der Küche an. »Können wir Nüsse haben?«

Ich rannte eigentlich immer. Rotwangig, außer Atem, warm geschwitzt.

»Du dampfst ja richtig«, sagte meine Mutter.

»Wie eine Lok?«

»So ähnlich.«

Da war ich mit den Nüssen schon wieder losgelaufen.

Abends im Jungenzimmer. Mein Bruder und ich mussten aufräumen. Wir hatten drei große geflochtene Weidenkörbe, in den ersten kam die Brio-Bahn mit allen Teilen, in den zweiten gehörten die bunten hölzernen Bauklötze, von Papa selbst zugeschnitten und angemalt, und alles andere in den dritten Korb. So weit die Theorie. Wir warfen alles gemischt in die Behälter, Mama reichte das so. Als unser Vater dazukam, wurde er wütend. »Muss denn alles hier so unordentlich sein«, seine Stimme eine einzige laute Rüge. Nacheinander schüttete er den Inhalt aller drei Körbe wieder auf den Fußboden. »Diesmal räumt ihr richtig ein, nicht alles durcheinander!«

Mein Bruder und ich heulten. Wir mussten einen riesigen Spielzeug-Berg sortieren, vorher gab es kein Abendessen. Selbst Mama half uns nicht, womöglich schlich sie in die Küche und wusch ein paar schmutzige Töpfe ab. Wir hatten keine Spülmaschine, dafür eine Getreidemühle, mit der man selbst Mehl herstellen konnte.

Bei der Küchenarbeit hatte meine Mutter wenig Geduld, endlose hingegen beim Backen mit uns. Und Basteln. Und beim Vorlesen. Wir kuschelten nach der Aufräumaktion mit ihr auf dem Sofa und stritten, wer sich enger an sie schmiegen durfte – wenn es dann losging, waren wir still.

Am nächsten Abend, es war nochmal richtig kühl geworden, hatte sogar kurz gehagelt, gerieten mein Bruder und ich in Streit. Heulend liefen wir zu Mama. »Simon hat mir auf den Kopf gehauen«, sagte mein Bruder und haute mir zu Demonstrations- und Rachezwecken auch auf den Kopf. Ich schlug zurück. Großes Geschrei, während draußen der Wind in die Baumwipfel fegte.

Zur Beruhigung las meine Mutter uns *Es klopft bei Wanja in der Nacht* vor. In einer besonders stürmischen kalten Nacht finden ein Hase, ein Fuchs und ein Bär ausgerechnet bei dem Jäger Wanja Unterschlupf, damit sie nicht erfrieren. Nun müssen diese Feinde sich für eine Nacht vertragen. Und es klappt. Bis zum Morgen schlafen alle tief.

»So friedlich seid ihr jetzt bitte auch«, sagte Mama.

Mein Bruder: »Aber nur, wenn ich der Bär sein darf!«

An Feiertagen ging es zur Christengemeinschaft, sozusagen die Kirche der Anthroposophie. Ostern war einfacher als Pfingsten, ein Fest, zu dem bei uns in der Gemeinde alle weiße Kleidung tragen sollten. Für uns Ökokinder schwierig. Wenn ich nicht bereits auf dem Weg zum Auto hinfiel, dann bestimmt später, wenn ich zur Kirche rannte. Oder ich lehnte mich an unseren notorisch schmutzigen Passat. Aber Ostern hatte ich meine üblichen Sachen an, ein Fleck mehr oder weniger fiel kaum auf. Nur musste ich mir vor der Messe unangenehm die Haare bürsten lassen. Das lange Stillsitzen im Kirchenraum war auch unangenehm, doch ich mochte die Messe, den Weihrauch, das Murmeln und Predigen des Priesters. Ich glaubte an Gott, an das Christkind, an Engel, an den Osterhasen. Ich glaubte, dass Mama und Papa alles wussten und alles konnten und dass die Welt sich um mich drehte.

Nach der Kirche besuchten wir Oma, die Mutter meines Vaters. Sie hatte zehn Kinder großgezogen, ihr Mann war Kapitän und kaum zu Hause gewesen, auch vor der Trennung nicht. Wenn sie uns Märchen vorlas mit ihrer gurrenden Stimme, verschwand die wirkliche Welt. An den großen Besuchstagen, wenn fast alle ihrer Kinder samt Enkeln kamen, war dafür keine Zeit. Und niemand achtete so recht auf uns.

Mein Bruder und ich stachelten unseren Cousin mit seinem runden Kopf und seinen sanften Augen an. Wir klauten einem Mädchen, das bei Oma um die Ecke wohnte, alle Ostereier aus dem Garten. Für Süßigkeiten, bei uns eine Rarität, gingen wir über Leichen.

Statt Nutella gab es bei uns eine Bioladen-Paste aus Johannisbrot-Schoten, Carob genannt. Sie schmeckte staubig und ein bisschen süß. Mama meinte, dass sei gesünder als das herkömmliche »Zeugs« mit seinem »weißen Zucker«, den es bei uns so gut wie gar nicht geben sollte, genau so wenig wie Verschwendung. Jedes Apfelmusglas, jedes Butterpapier wurde bis zum Letzten benutzt. In das Glas durften wir zum Ausspülen der Reste einen Schuss Milch füllen; die Butterpapiere wurden zum Einfetten von Kuchen- oder Brotformen verwendet.

»Da ist ja noch eine ganze Zwergenmahlzeit«, meinte sie mit Blick auf unsere Teller, wenn wir nicht aufaßen. Ich stellte mir dann wirklich eine kleine Gestalt mit spitzem Mützchen vor, die auf meinen Teller kletterte und ihre winzige Gabel in die Reste schlug.

Ich glaubte an Zwerge, Elfen, Feen. Ich glaubte, dass alle Lebewesen eine Seele haben. Kurz nach Ostern beerdigten wir eine Amsel, die gegen eines der Wohnzimmerfenster geflogen und gestorben war. Es wurde ein kleines Grab ausgehoben, sie bekam sogar ein Holzkreuz. Danach grübelte meine älteste Schwester stundenlang. Abends wurde sie unruhig, fing an zu weinen. »Wie soll die Seele der Amsel denn in den Himmel kommen, wenn wir sie eingebuddelt haben«, sagte sie voller Entsetzen.

Mama erklärte uns, dass Seelen ganz leicht seien, schmal, dünn, und dass sie überall durchkämen. Eine gute Nachricht, so konnten wir weiter Tiere beerdigen, je nach Laune sogar Schnecken oder Fliegen. Man konnte auch aus zwei Eichenblättern ein behelfsmäßiges Kreuz machen, Mama, die Bastelkönigin, zeigte es uns.

Ich war etwa fünf in diesem Frühjahr, als wir erstmals weiter wegfuhren. Urlaub auf einem Bauernhof der Schwäbischen Alb. Ich packte das Bilderbuch *Puck, der Zwerg*, Gummistiefel und mein Kuschelkissen ein. Mit Hirsespreu gefüllt, kühlte es die Schläfen, trocknete Tränen und hörte mir zu, nahm geduldig mein Geheule und Gemurmel auf.

Obwohl ich Autofahren nicht mochte, mir oft übel wurde, gab es diesmal kaum Geschrei, denn unsere Eltern waren auf eine Jahrhundertidee gekommen: Sie klappten die Rückbank des roten Passats um, verteilten auf der Fläche gleichmäßig unser Gepäck, schichteten Isomatten und Decken darauf – und dann uns. Sie fuhren während der Nacht und wir hatten es hinten gemütlich. Durch die Fenster schienen die Straßenlaternen, die Sterne, die Scheinwerfer der anderen Autos, ein ewiges Lichtspiel, in meinem Kopf für immer mit nächtlichem Reisen verbunden. Ein dämmernder Halbschlaf, in dem man nicht genau weiß, an welchem Ort man sich befindet. An keinem, an allen? Der Kutscher knallt mit der Peitsche, vom Wald her heulen die Wölfe, es klirrt das Kettenhemd des Ritters Ilja Muromez, aus dessen Abenteuern mein Vater oft vorlas. Einmal war Ilja an eine dreifache Weggabelung gekommen. Dort stand geschrieben: »Wählst du den ersten Weg, wirst du getötet werden, schlägst du den zweiten ein, wirst du heiraten, über den dritten aber wirst du zu Reichtum gelangen.« Der Held, für mich unvorstellbar, wählte den ersten Weg und besiegte vierzigtausend Räuber.

Ich musste im Traum geredet haben, denn ich wachte davon auf, dass Mama meinen Kopf streichelte.

Die Stimme meines Vaters vom Fahrersitz: »Schlaf ruhig weiter, wir sind noch lange nicht da.« Dann unterhielten sie sich wieder. Ich wollte ihrem Gespräch lauschen, doch es gelang nicht. Die Fahrgeräusche waren zu laut.

Auf dem Bauernhof hielt ich mich am liebsten im Kuhstall auf. Jeden Morgen ging ich früh mit Papa nach unten, um beim Füttern und Melken zuzuschauen. Er durfte sogar mitmachen, weil ihn der Bauer mochte. Ich hingegen war ein Störfaktor, musste am Rand stehen und still sein, was mir gut gelang, nicht zuletzt, weil ich Angst vor dem großen Bullen hatte. Wenn er schnaubte, glaubte ich, Wind auf der Stirn zu spüren. Und wenn er sich bewegte, mit den Hufen stampfte, unwillig den Kopf schüttelte, dann klirrten und rasselten die Ketten, an denen er festgemacht war, bis in meine Knochen. Sein riesiger Hodensack, größer als mein Kopf, hing dort, wo bei den Kühen die Euter waren.

Eines Morgens, der Bauer schon gegangen und mein Vater weit von mir entfernt irgendwo auf der anderen Seite des Stalls, schüttelte der Bulle wieder das Haupt – und die Kette, offenbar falsch befestigt, fiel ab. Er wusste sofort, dass er frei war, und sprang aus dem Stand von seinem Platz in den Stall, seine Hufe machten ein klackendes Geräusch auf dem Steinboden. Er schnaubte. Ich rannte nach draußen auf den Hof.

»Der Bulle ist los, der Bulle ist los«, rief ich. »Papa ist da drin!« Ganz gemütlich kam der Bauer in seinen Gummistiefeln aus der Milchküche, ging einfach zu dem Bullen hin und führte ihn wieder an seinen Platz, brummte dabei etwas in seinem unverständlichen Schwäbisch. Da tauchte auch mein Vater wieder auf. Ich fiel ihm in die Arme. »Ich habe mich hinter den Kühen versteckt und den Bullen beobachtet«, sagte er.

Ich wusste, dass Kühe Gras fressen, doch wer garantierte mir, dass so ein Bulle, wenn er einen Menschen sah, nicht einfach mal eine Ausnahme machen würde?

Auf dem vergötterten Trecker zu sitzen, eine Enttäuschung. Der Bauer maßregelte uns, mein Vater übersetzte: »Gut festhalten, dass ihr nicht runterfallt, und nicht so viel quatschen.« Wie sollte man da quatschen? Mein Bruder und ich saßen auf den Beisitzen, zwei harte Metallschalen, je eine über den großen Hinterreifen. Es war laut, kalt und wackelte wie verrückt. Eine geschlossene Fahrerkabine gab es nicht, nur ein kleines Dach. Da es dunkel wurde, schaltete der Bauer die Scheinwerfer an. Seine Egge wirbelte Erdklumpen durch die Luft, die in dem künstlichen Licht wie Schneeflocken aussahen. Das lenkte mich von der Tortur ab.

Verfroren und durchgerüttelt, mit vom Festklammern roten Händen lieferte uns der Bauer später bei unserer Mutter ab. Wir saßen an dem Ferienwohnungs-Tisch, die Tischdecke voller Krümel und Marmelade-Streifen. Die langen Brotscheiben, nach Kümmel duftend, was wir so nicht kannten, schmeckten noch besser als zuvor. Unsere Hände wurden langsam wieder warm.

»Jetzt, wo du Trecker fahren kannst, willst du denn später mal Bauer werden?«, fragte Mama.

Ich kaute und schwieg. »Oder lieber Bäcker«, sagte sie, »da muss man auch früh aufstehen.«

»Ich will werden wie Papa«, sagte ich.

»Lehrer also?«

Ich hob unschlüssig die Schultern. »Wie Papa«, wiederholte ich.

»Ich auch, ich auch«, rief mein Bruder.

SOMMER

Jeden Sonntag, fast ohne Ausnahme, gab es bei Oma Kaffee und Kuchen. Aber im Sommer, wenn wir im Garten unter dem großen Pflaumenbaum saßen, war es am schönsten. Wir mussten ein Stück mit dem Auto fahren, von einem Hamburger Vorort zum nächsten.

Ich hatte bei der Fahrt fünfundzwanzig Minuten stillsitzen können, mehr hielt ich nicht aus. Als wir ankamen, sprang ich aus dem Auto, rannte voraus in den Garten. Oma saß am gedeckten Tisch, Strickzeug im Schoß.

»Ach Oma«, seufzte ich, »du hast es gut, du kannst den ganzen Tag im Garten sein und Kuchen essen!« Ich kapierte nicht, warum sie lachte, warum mein Spruch den gesamten Nachmittag herumerzählt wurde. Ich stand längst barfuß unter dem Pflaumenbaum, sammelte die Früchte. Was ich machen solle, wenn eine Made in der Pflaume sei, fragte ich.

»Einfach nicht hingucken«, so Oma.

Fast alles, was sie sagte, backte, kochte und tat, fanden wir gut. Nur als Babysitterin mochten wir sie nicht, bevorzugten Schülerinnen aus Papas Oberstufe, die man an der

Nase herumführen konnte. Mit Oma ging das nicht. Wenn sie abends zu uns kam, was sie ungern und selten tat, packte sie Strickzeug und ein Kofferradio aus, las eine, nur eine Gutenachtgeschichte vor und dann hatte Ruhe zu herrschen. Selbst auf Klo gingen wir ungern. Eines Abends, es war so warm, ich konnte lange nicht schlafen, starrte ich durch die angelehnte Zimmertür ins Flurlicht und hörte den fremden Geräuschen des Radios zu, die es sonst bei uns nicht gab. Sie versetzten mich in einen Dämmerzustand, aus dem ich erst erwachte, als unsere Eltern zurückkamen und Oma das Haus verließ.

»Die Küche ist aber ganz schön unordentlich«, sagte Oma zum Abschied zu meiner Mutter. Ich verstand nicht, was das sollte. Der Satz kam mir sinnlos vor, vergleichbar mit »euer Badezimmer hat aber ein Waschbecken«. Küchen mussten doch unordentlich sein. Hatten wir gebacken, blieben die Zutaten und Utensilien oft noch ein paar Tage stehen. Ich fand das schön, dann konnte man sich daran erinnern, was man gemacht hatte. Meine Mutter zeigte mir, der ich auf einem Stuhl stehen musste, weil noch zu klein, auch eine geniale Technik, falls Töpfe oder Schüsseln stark verschmutzt waren. Man stellte sie ins linke der zwei Waschbecken, ließ Wasser reinlaufen und wartete eine undefinierte Zeit, mindestens ein oder zwei Tage. »Einweichen«, nannte sie das.

Mein Vater hängte sich jeden Sommer ein paar Mal seine Kamera um und schnappte sich aus der von uns heißgeliebten Buchreihe *Grzimeks Tierleben* den Band mit den Affen. Auf dem Cover ein großer Orang-Utan. Den Namen dieses Affen auszusprechen, ein großer Spaß.

»Papa hat das Buch mit dem Orang-Utan geholt«, verkündete ich meinem Bruder. Das bedeutete, wir fuhren, wenn die größte Mittagshitze vorbei war, zu Hagenbecks Tierpark. Mein Bruder hüpfte unserem Vater, der schnell die Kamera in Sicherheit bringen musste, vor Freude in die Arme. Alles mit Papa war besonders, er verbrachte viel mehr Zeit bei der Arbeit als mit uns, auch deshalb wohl, da an Waldorfschulen samstags unterrichtet wurde.

Im Zoo hoffte ich jedes Mal, den Löwen oder den Tiger zu sehen. Ich mochte auch die Elefanten, die mit dem Rüssel Baumstämme tragen konnten, oder Antje, das Walross, das auf Kommando aus dem Wasser schnaubte und einen Fisch aus der Hand des Tierpflegers nahm. Dann versank Antje mit einem Seufzer wieder im Wasser, alle freuten sich, jedes Mal. Am allerbesten war aber das Affengehege. Den Affen merkte man kaum an, dass sie in Gefangenschaft lebten. Während die anderen Tiere verkümmert wirkten, entweder schwer zu beobachten waren oder in ihren Aktionen weit hinter dem zurückblieben, was ich aus Büchern und Geschichten über sie wusste, machten die Affen ziemlich genau das, was sie offenbar auch im Urwald machten. Sie fraßen, kletterten, stritten, kämpften, kopulierten, lausten und ärgerten sich. Und ich saß da auf der Mauer des großen runden Geheges und schaute zu, mit halb geöffnetem Mund, staunend, träumend.

Mein Vater stand mit seiner Kamera hinter mir und rief: »Guck mal!« Ich blickte zu ihm und er machte ein Foto, das später in mein Album geklebt wurde. Das T-Shirt, das ich an dem Tag trug, mit einem aufgenähten Fußball auf dem

Ärmel, hatte ich secondhand bekommen. »Secondhand«, das erste englische Wort, das ich kannte. Wir bekamen so gut wie keine neuen Kleidungsstücke. Teils nähte meine Mutter sie selbst, ansonsten trugen mein Bruder und ich die Kleidung unserer Schwestern auf, wenn sie nicht gerade rosa war, was es bei uns sowieso kaum gab. Nur im Winter, wenn wir kratzige wollene Unterwäsche tragen mussten, stritten wir über Anziehsachen. Ansonsten durften wir tragen, was wir wollten, fast immer. Mamas elegante Mutter, noch vor meiner Geburt gestorben, war nicht so nett zu ihr gewesen. Noch mit siebzehn hatte sie sich vorschreiben lassen müssen, was sie anziehen sollte, musste schick aussehen.

Wenn es sogar für den Zoo zu heiß war, gingen wir mit Papa ins Schwimmbad. Wir sprangen so lange ins Wasser, bis unsere Augen rot und die Finger schrumpelig waren. Eigentlich hatte ich im Schwimmbad Angst, es gab zu viele fremde Kinder, auch größere, wildere. Wenn mein Vater dabei war, nahm ich das alles kaum wahr. Am Beckenrand umarmte ich ihn, legte mein Gesicht an seinen Bauch: »Du hast einen richtig schönen Pfannkuchenbauch!«

»Wieso?«

Ich zeigte es ihm: Der Bauch war so rund, dass eben ein schöner Stapel Pfannkuchen reinpasste.

Meine Mutter ging nicht gern ins Schwimmbad, und wenn sie doch musste, saß sie am liebsten am Rand. Sie mochte es nicht, erklärte sie, wenn Wasser auf ihre Brille spritzte. Im Becken kniff sie die Augen zusammen, rümpfte die Nase. Wenn man sie mit Wasser bespritzte, wurde sie grantig.

Als ich mit ihr und meinem Vater unzufrieden war, weil

ich nach dem Schwimmen nicht Eis und Pommes bekam, sondern mich für eins entscheiden musste, eröffnete ich ihnen, ich bräuchte eine andere Familie. Meine Mutter: »Wieso, du wolltest doch bei uns sein? Du hast dir deine Familie aus dem Himmel ausgesucht.«

Ich hätte gerne widersprochen, nur wie? An meine Zeit im Himmel erinnerte ich mich nicht. Sehr wohl erinnerte ich mich an die Geschichte, die es von meiner Geburt gab. Meine Mutter hatte uns vier alle zu Hause im Ehebett zur Welt gebracht, mit Hilfe meines Vaters. Teils, etwa bei mir, kam sogar die Hebamme zu spät. Als ich geboren wurde, im September und zwei Wochen vor Termin, strich meine Mutter noch das Kinderzimmer neu. Ich war so schnell auf der Welt, dass Papa es fast verpasst hätte, weil er sich noch die Fingernägel sauberbürsten musste. Wenn ich an diese Geschichte dachte, fühlte ich mich doch in der richtigen Familie, denn ich bewunderte meine Eltern unsterblich für ihren Mut. »Ich bin zu Hause geboren und ohne Hebamme«, das erzählte ich jedem, der es hören wollte.

Mein Bruder und ich zogen uns oft auf die hinteren Teile unseres Waldgrundstücks zurück, wo vom Hausbau noch ein großer Stapel Holzstämme lag, auf dem wir Schiff spielten oder Insel, je nachdem. Wir zerschlugen uns die Knie, wenn sich einer der Stämme bewegte und wir hinfielen, wir kratzten uns auf dem Weg dorthin an herrischen Brombeersträuchern, stachen uns an Brennnesseln, die größer waren als wir. Unsere Arme und Beine sahen zerschunden aus.

»Wie es sich gehört für Kinder«, fand mein Vater, und

selbst Mama nickte, die sich über Wunden eigentlich nicht freute. Abends half sie beim Zählen der Mückenstiche. Wer mehr hatte, gewann.

Einmal wagten wir uns weiter ins Gestrüpp vor, mit Stöcken in den Händen, um die Brennnesseln umzuhauen, die Brombeer-Ranken fernzuhalten. Mein Bruder ging vor mir – und trat in ein Wespennest. Sofort stürzte sich eine wütende Insektenwolke auf ihn, er brüllte und heulte, wedelte mit den Armen. Das machte die Wespen noch wilder. Ich hingegen blieb starr vor Schreck. Wie versteinert, den Arm erhoben, den Atem anhaltend, stand ich da. Endlich verzogen sich die Wespen und wir rannten zum Haus, wo mein Bruder versorgt wurde. Alle wunderten sich, dass ich keinen Stich abbekommen hatte.

»Das war genau richtig«, sagte Mama, »wenn so etwas passiert, muss man stillstehen und sich nicht bewegen, sonst werden die Wespen aggressiver.«

Obwohl mich einfach nur die Furcht versteinert hatte, war ich stolz. Mein Bruder dagegen, mit dicker Lippe und einem zugeschwollenen Auge, der Pechvogel. Das lief oft so. Ganz im Gegensatz zu mir brach er sich alle möglichen Knochen, kam mehrmals ins Krankenhaus. Er war mutiger als ich, ließ sich nichts gefallen.

Sommerferien. Andere flogen nach Spanien oder Italien, wir fuhren umweltfreundlich an die Ostsee, in das Häuschen der Christengemeinschaft, direkt an einer sanften Steilküste. Oben unterm Dach hatte es ein rundes Fenster, ein Bullauge, dahinter unser Schlafzimmer, in dem immer das Meer rauschte. Es gab nichts Schöneres, als dort mit dem Gedanken einzuschlafen, morgen wieder an den Strand gehen zu können.

Am ersten Tag rutschten wir zwei Jungs die Steilküste runter, weil wir keine Lust hatten, den Umweg zum Meer zu gehen. Hose dreckig, Beine zerkratzt, Zeit gespart. Wir waren es gewohnt, nach Lust und Laune Abkürzungen zu nehmen, zumindest in der Natur. Es wollte uns kaum in den Kopf, dass das verboten sei.

»Die Steilküste beschützt das Land vor dem Meer«, sagte Mama, »also müssen wir die Steilküste beschützen. Wenn ihr da runterrutscht, macht ihr sie kaputt.«

Ich blies Luft durch die Lippen, so dass es ein knatterndes Geräusch gab. Doch ich gehorchte, nahm von nun an den vorgesehenen Weg. Wenn Mama uns eincremte, mit der Weleda-Sonnencreme, die sich schlecht verstreichen ließ, gab es Theater. Auch diskutierten wir täglich über die Notwendigkeit eines Sonnenhuts.

»Ihr könnt gerne zu Papa ins Haus zurückgehen, der korrigiert dort Schulaufsätze und freut sich sicher über die Störung. Wenn ihr am Strand bleiben wollt, tragt ihr einen Sonnenhut. Alle. Immer. Und cremt euch ein.«

Meine Mutter wusste alles Mögliche über Strahlungen, Hautkrebs, Ozonschichten und das Treibhausgas FCKW. Sie saß im Schatten des Strandkorbs, mit einem Auge in einem Buch lesend, das andere auf uns gerichtet. Sie sah uns vor den kleinen Wellen weglaufen, Sandburgen bauen, Quallen zurück ins Wasser tragen.

»Wir haben wieder eine gerettet«, verkündeten meine

Schwestern. Dann durften sie Eis holen. Mein Bruder und ich wühlten im Matsch, so lange, bis der Schmutz nicht mehr unter unseren Nägeln herauszubekommen war.

Im Spätsommer wurde ich auf der Waldorfschule in Hamburg eingeschult. Bei der Zeremonie in der großen Aula, in die tausend Zuschauer passten, also die gesamte Schule, wurde jeweils der Name des Neuen aufgerufen. Er musste dann unter den Blicken aller den langen Weg auf die Bühne gehen, dem Klassenlehrer die Hand schütteln, die Schultüte in Empfang nehmen und sich aufreihen. Ich brachte die Aula zum Lachen, weil ich mir zuerst die Schultüte schnappte, sie an meine Brust drückte und dann umständlich die Lehrerhand ergriff.

So richtig gelohnt hatte sich das nicht. Oben ein Kanten hartes Brot, ein Symbol dafür, dass man erst die Härte des Lernens meistern musste. Was auch immer das bedeuten sollte. Leider waren auch unten in der Tüte, wie ich feststellte, eher Obst und Nüsse als Schokolade und Gummibärchen. Trotzdem liebte ich die Schule. Das riesige Gebäude aus rotem Backstein war ähnlich pointiert und asymmetrisch konstruiert wie unser Haus. Außerdem war es der Arbeitsplatz meines Vaters.

Bald nach der Einschulung im September mein siebter Geburtstag. Papa nahm mich im Auto mit nach Hause, wollte mit uns zu Mittag essen. Unterwegs hielt er bei unserer Lieblings-Eisdiele, alles darin entweder weiß oder aus Glas. Da ich nun groß sei, sieben Jahre alt, und in die Schule gehe, sagte er, dürfe ich selbst entscheiden, wie viel Kugeln ich bestellen wollte.

»Du darfst sechs Kugeln essen, wenn du magst, oder sieben.« Eigentlich bekam ich nie mehr als zwei.

»Du hast Geburtstag«, bekräftigte er, »bestell so viel du willst.«

Ich weiß nicht mehr, wie mein Vater damals aussah, er trug oft weiße Hosen und fast immer einen Pullover überm Hemd, hatte kurze braune Haare, war meist glattrasiert, manchmal stoppelig. Ich sehe einen großen Mann vor mir – er legte mir die Hand auf die Schulter, wechselte ein paar Worte mit dem Eisverkäufer, der nach einer großen Waffel griff und mich erwartungsvoll anblickte. In diesem Moment wurde ich von einem unglaublichen Gefühl durchdrungen. Dass mein Vater mir die Verantwortung gab, beim Eis, der wichtigsten Sache der Welt, selbst zu entscheiden, bedeutete, dass er mich achtete. Dieses Gefühl der Achtung, für das ich damals gar keine Worte hatte, blieb, als ich vier Kugeln bestellte. Mein Vater lächelte. Ich hatte seine Erwartungen erfüllt, hatte mehr bestellt, als ich sonst durfte, in einem vernünftigen Rahmen.

»Nicht den anderen erzählen«, sagte er, »das bleibt unser Geheimnis.«

Das Erste, was ich zu Hause machte: mit den Eiskugeln prahlen. Mama verkniff sich eine Bemerkung, und mein Bruder konnte auch nicht protestieren, er war ja noch kein Schulkind.

Kurz nach den Herbstferien, als die Bäume auf unserem Grundstück kahl wurden, der Boden grau-braun vom Laub, starb unsere Uroma. Sie wohnte bei uns in der Einliegerwohnung, die man auch von unserem Flur direkt betreten konnte. Uroma holte uns oft zu sich, damit wir ihre Brille suchten, die sie verlegt zu haben glaubte. Anfangs dachten wir, sie mache Scherze, denn die Brille saß fast immer genau da, wo sie hingehörte, auf ihrer Nase. Dann traute sich einer von uns, es auszusprechen: »Du hast sie doch auf!« Sie lachte. Und weinte. Bei ihr ging nur noch beides zusammen.

Als sie starb, hieß es, sie sei »eingeschlafen«. Ich verstand den Tod nicht, spürte nur die spannende Veränderung, die er anstieß. Denn es zog eine rothaarige Schülerin meines Vaters in die freigewordene Wohnung, eine Abiturientin, bei der es zu Hause drunter und drüber ging. Sie hatte eine Ratte. Wir liebten sie trotzdem. Die Löcher in ihren Hosen waren so groß wie die bei uns Jungs, zudem besaß sie einen silberfarbenen Kassettenrekorder. Sie passte oft auf uns auf, wir tobten und schmusten mit ihr, was meine Mutter nicht immer mochte.

Die hohen Bäume nahmen uns zunehmend die Sonne weg, immer mehr Moos wuchs auf dem Hausdach. Jetzt hatten unsere Eltern von der Stadtverwaltung die Genehmigung bekommen, ein paar zu fällen. Dafür rückten die Kollegen meines Vaters an, kernige Bartträger, die gerne draußen arbeiteten. Waldorflehrer sein war keine Berufs-, sondern eine Lebensentscheidung. Wer als »Waldi« nicht die Natur liebte, war fehl am Platz. Sie hatten Handsägen dabei, doch die großen Stämme wurden mit der Motorsäge erledigt. Heikel war, zu bestimmen, wohin der Baum fiel. Dafür musste man, so viel verstand ich schon, unten an der richtigen Stelle im richtigen Winkel ansägen und nötigenfalls auch noch ein Seil anbringen, um in die gewünschte Richtung zu ziehen. Der Seilzieher stand dann allerdings genau da, wo der Baum hinfiel, musste schnell abhauen – ich durfte mir das Ganze von der höhergelegenen Terrasse anschauen. Ich sah auch, dass immer mehr Nachbarn aus ihren Häusern kamen, den Kopf schüttelten, zu uns herüberriefen. Am lautesten mal wieder Meckeronkel. Seine Halbglatze glänzte vor Erregung.

»Ich ruf die Polizei«, brüllte er.

Da mein Vater für jeden Baum eine Genehmigung hatte, blickte er den Beamten, die kurz darauf unser Grundstück betraten, gelassen entgegen. Er war ganz ruhig, während sie alles prüften und dann Herrn Meck, der sich über den Bach bis in unseren Garten vorgekeift hatte, zurechtwiesen.

»Verlassen Sie augenblicklich das Grundstück!«

Eigentlich hassten uns alle Nachbarn. Wir waren die lauten schmutzigen Ökos, wir waren die Leute, die den Rasen nicht mähten, weil sie keinen hatten, ihre Auffahrt nicht pflasterten, das Auto nicht wuschen. Wir schnitten uns die Haare selbst, trugen Wollpullis anstatt Sweatshirts mit Mickey-Mouse-Aufdruck. Das Allerschlimmste: Wir benutzten keine Unkrautvernichter und harkten selten Laub. Wildnis statt Hecken, Unterholz statt Zäune.

Uns störte die Meinung der anderen nicht, wir waren eine

intakte Einheit. Meine Eltern waren in *eine* Klasse gegangen, liebten sich seit der Schulzeit. Sie waren schon als Kinder auf die Waldorfschule gekommen und gingen voll in dem Kosmos der anthroposophischen Rudolf-Steiner-Bewegung auf. Die Natur lag ihnen am Herzen wie ein geliebter Mensch, sie fanden es abscheulich, Abwässer ins Meer zu leiten und Blei in die Flüsse. Auf unserem Grundstück war ihre Vision einer heilen Welt verwirklicht, auch wenn ringsum alle in eine ganz andere Richtung marschierten.

Das Haus war aus natürlichen Materialien gebaut, die Wandfarbe lösungsmittelfrei, der Holzlack ebenso. Die Wäsche wurde nicht mit Persil, sondern mit Waschnüssen gereinigt. Bei Schmerzen gab es Arnika-Salbe von Weleda. Das alles war teuer und umständlich, sie nahmen es gerne in Kauf, wie auch unseren Waldgarten mit seinen Mücken, Dornen, mit der schattigen Weite der Bäume.

Im Jungenzimmer stand ein selbstgebautes Hochbett, es klemmte direkt unter dem schrägen Dach. Mein Bruder durfte nicht oben schlafen, weil er, Mamas Wort, so viel »wühlte«, hin und wieder aus dem Bett fiel. Ich erzählte ihm oft Gutenachtgeschichten, was vor allem mich beruhigen sollte, wenn die Herbststürme die Bäume zum Ächzen brachten.

Er schlief meistens schnell ein, ich brauchte oft lange. Im Sommer horchte ich auf Vogelgezwitscher, vorbeifliegende Flugzeuge oder gurrende Tauben, im Winterhalbjahr auf das Wiegen oder Knarren der Bäume im Wind, das Knarzen der Dachbalken. Gedanken und Bilder rauschten durch meinen

Kopf. Manchmal hörte ich ein Tier auf dem Dach, »wahrscheinlich ein Marder«, wie mein Vater mir anhand eines seiner Grzimek-Bände erklärte.

Ich hatte viele Alpträume, die niemand erklären konnte. Warum fühlten sie sich so echt an, wenn sie es doch nicht waren? Warum jagten sie mir mitten im Schlaf einen Schreck ein? Kupfersalbe, auf meinen Bauch geschmiert, sollte den bösen Alp vertreiben. Oft funktionierte das nicht. Ich träumte, dass ich, von einer Hexe gejagt, durch den dunklen Garten aufs Haus zulief, hinter dem hellen Fenster meine Mutter, abgewandt. Ich wollte schreien, brachte keinen Laut heraus.

Besonders schlimm war der Riesentraum. Ich träumte, dass ich im Bett lag und die dumpfen Schritte des Riesen hörte, bam bam bam, der die Treppe heraufkam, um mich zu holen. Beim Aufwachen hörte ich noch, wie er am Zimmer vorbeilief, die andere Treppe zum Wohnzimmer hinunterrannte, verschwand.

»Da war kein Riese«, sagte meine Mutter.

»Ich habe ihn ganz genau gehört«, jammerte ich, »er ist die Treppe vorn hoch und dann hinten wieder runter, ich habe seine Schritte gehört!«

Immer wieder hatte ich diesen Alptraum. Er wirkte so stark, weil ich die Schritte des Riesen wirklich wahrnahm, noch beim Aufwachen. Oft schlief ich dann im Elternbett weiter. Ich kam so regelmäßig zu ihnen ins Bett, dass sie mir am Kopfende eine Matratze auf den Boden legten.

Irgendwann, Jahrzehnte später, verstand ich, dass ich bei dem Riesentraum nicht Schritte auf der Treppe, sondern meinen Herzschlag im Ohr gehört hatte. Ich war ein ängstliches Kind, meine Fantasie viel stärker als mein Verstand.

Mein Lehrer empfahl meinen Eltern, mir das *Märchen von einem, der auszog, das Fürchten zu lernen* vorzulesen. Der Protagonist, ein Junge, ängstigt sich weder vor Toten noch vor dem schlimmsten Spuk, aber gruselt sich, als ihm eine Ladung kleiner kalter Fische über den Bauch geschüttet wird – ich kapierte die Geschichte nicht und meine Alpträume blieben, ich lernte nur immer besser, mit ihnen fertig zu werden.

Wenn das Wetter zu scheußlich war, gingen auch wir nicht mehr so viel in den Garten. Wir spielten mit der Brio-Eisenbahn, mit Bauklötzen, bauten Höhlen aus Kissen und Tüchern. Schon bevor ich schreiben oder lesen konnte, dachte ich mir ganze Welten aus. Beim Bildermalen, mit den gesunden Wachsmalstiften, sang ich Lieder: »und da war ein Haus, der Schneesturm wütete, lalala, ein Ritter auf dem Pferd, lalala«. Ich liebte *Deutsche Heldensagen*, besonders Dietrich von Bern – »mein zweiter Name ist Dietrich«, stellte ich glücklich fest.

Ich konnte aus jedem Stock ein Schwert machen, aus jeder Wolldecke einen Samtumhang, aus leeren Konservendosen Rüstungen. Bei uns im Haus gab es keinen Fernseher, kein Radio, nur ein Wählscheiben-Telefon stand an seinem festen Platz im Wohnzimmer. Wenn es klingelte, rannten wir Kinder um die Wette. Wer zuerst da war, durfte abnehmen. Nicht selten boxten wir uns den Hörer noch im letzten Moment aus der Hand, um dann ganz hastig den vollen Namen hineinzurufen. Wir wollten unbedingt ans Telefon gehen, obwohl ja doch niemand für uns anrief. Meistens war der

Anruf für meine Mutter, sie war immer zu Hause und telefonierte gerne. »Schnacken«, nannte sie das. Früher hatte sie mal ein Fremdsprachenstudium begonnen, das ihr, trotz ihrer Sprachbegabung, nicht gefallen hatte. Zu technisch. Ihr Vater damals: »Studienwechsel gibt es nicht. Entweder du machst das fertig oder wirst Hausfrau. Eine andere Ausbildung zahle ich dir nicht.« Also Hausfrau. Vom strengen Opa, den ich nie richtig kennenlernte, weil er früh starb, hatte unsere Familie eine mittelständische Firma geerbt. Ohne dieses Erbe hätten wir gar nicht so ein schönes Haus haben können. Und meine Mutter kümmerte sich auch um die Firma, doch erst später. Jetzt gab es nur die Kinder.

Ich hasste Autobahnen und Einkaufscenter, ich liebte Felder, Bäche, Bauernhöfe. Doch den Bauarbeitern mit ihrer Zementmischmaschine, die unten auf der Straße arbeiteten, schaute ich stundenlang zu, wie sie abwechselnd Sand und Zementpulver in die sich drehende Trommel warfen. Und wenn der Bruder meiner Mutter kam, ein Jazz-Musiker mit Schlaghose und Brusthaarlocken, die aus seinem aufgeknöpften Hemd wuchsen, himmelte ich seinen amerikanischen Chevy an.

Mamas Bruder roch nach Zigaretten und Bier. Wenn wir ihn in seinem Haus besuchten, was selten vorkam, obwohl er einen Pool hatte, schlief er meist noch. Er lag im Wohnzimmer unter einer exotischen Decke und schnarchte. Ich fand das unbedenklich, meine Mutter ärgerte sich darüber, unsere Besuche wurden noch sporadischer. Dass sie sich nicht darüber aufregte, dass er pennte, sondern dass er betrunken war, wusste ich damals nicht. Bei uns zu Hause gab es nie

Alkohol. Im Restaurant hatte ich mal vom Bierschaum des Onkels probieren dürfen, höchst unangemessen, fand meine Mutter.

»Das ist Gift, besonders für Kinder«, zischte sie. Ihr Bruder, Bierschaum im Schnauzer, hob nur unschuldig die Hände. Wir fanden ihn toll, diesen wilden Musiker, obwohl er seine Zigarettenkippen überall hinwarf, auch in unseren Garten, und dann mit seinen Krokodilleder-Stiefeln austrat.

»Das ist kein Krokodilleder, das ist Schlange«, wusste meine zweitälteste Schwester.

In unserem Garten stand ein selbstgebauter Hühnerstall. Wir mussten morgens im davorliegenden Gehege Futter verstreuen und die Klappe des Holzstalls öffnen, damit die Hühner herauskamen. Abends schlossen wir die Klappe wieder, damit kein Fuchs oder Marder reinkam, wovor wir große Angst hatten. Schließlich gehörte jedem von uns Kindern eine der Hennen. Mein Bruder nannte seine »Dyna«, ich war ein bisschen neidisch, dass er sich so einen lustigen Namen ausgedacht hatte.

Der Stall sah aus wie ein kleines Haus, hatte eine Tür zum Eierholen und Ausmisten, und sogar ein großes Fenster. Auf dem schrägen Dach lag teerige schwarze Pappe. Wir kletterten oft dort hinauf, zu jeder Jahreszeit, jetzt mit dicken Jacken, und schauten ins Gehege. Hühner, so erkannten wir, sind nicht sehr interessant. Ihre ruckelnden Bewegungen, ihre kalten Augen, das mochten wir alles nicht; bald jagten wir sie am liebsten durchs Gehege, dass sie nur so gegen den Maschendraht flatterten. Sie wuchsen uns erst wieder ans Herz, als sie geschlachtet werden sollten.

Wir protestierten und gelobten hoch und heilig, nichts von der geplanten Hühnersuppe essen zu wollen. Unser Vater blieb gnadenlos. Ich verstand nicht, warum er das machen wollte, den Hühnern den Kopf abhacken, die Federn abrupfen, sie essen. Es gab wenig Fleisch bei uns und ich mochte nur das, was nicht nach Tier aussah, Würstchen und Frikadellen. Wo die herkamen, darüber dachte ich nicht nach. Hätte mir jemand eine Kuh gezeigt und gefragt, ob ich sie essen wolle, hätte ich mir an guten Tagen mit dem Zeigefinger an die Stirn getippt und an schlechten geheult.

Kurz darauf waren wir mit Mama den Tag über unterwegs, und als wir abends zurückkamen, im tiefsten Novemberdunkel, war alles geschehen. Wir rannten in den Keller, noch mit Schuhen an, und sahen die toten, gerupften Vögel von der Decke hängen. Als meine Schwestern später von der Suppe probierten, war ich sauer.

»Du magst doch Hühnerbrühe«, erklärten sie mir, »und in jeder Hühnerbrühe ist Huhn drin! Das ist normal.«

»Gar nicht«, sagte ich und aß mein Käsebrot.

WINTER

In der rechten Hand eine Bienenwachskerze, mehr Licht gab es nicht, wollte ich mit der anderen Hand die kleine blaue Papptür des Adventskalenders öffnen, die durch einen goldenen Klebestern verschlossen war. Das funktionierte nicht, ich war zu aufgeregt, spürte meinen Bruder neben mir drängeln.

Also nahm Mama, die hinter uns stand, mir die Kerze ab. Mit beiden Händen gelang es, ich öffnete die Tür, dahinter ein blond gelockter Engel mit edlem Gesicht, seine Flügel schimmerten im Kerzenschein. Meine Mutter, mein Bruder und ich, wie in der Adventszeit jeden Morgen beim Öffnen des Türchens, oft auch begleitet von meinen beiden älteren Schwestern, sangen inbrünstig »Gloria in excelsis Deo«.

Es war halb sieben, und es störte mich nicht, dass hinter dem Kalendertürchen keine Schokolade zum Vorschein kam, sondern das Bild eines Engels. Über meinem Bett hing der Erzengel Michael. Ich war der festen Überzeugung, dass er existierte, ein starkes Wesen im Dienst des Göttlich-Guten, und dass er mich beschützte.

Während wir vor dem Adventskalender sangen, arbeitete Papa schon in der Schule. Er bereitete den Chemie-Unterricht vor, der ein paar Tage zuvor schiefgelaufen war. Eine ungeplante Explosion hatte die gesamte Klasse erschreckt und ein Fenster bersten lassen. Nun, das erzählte er später, wollte er sich einen Scherz erlauben. Bevor die Schüler zum Unterricht kamen, schichtete er einen großen Berg Marzipankugeln im Unterrichtsraum auf und konstruierte eine seltsame Apparatur dazu, einer Bombe mit dicker Zündschnur ähnlich. Als die Klasse sich gesetzt hatte, sagte er, wie leid ihm der Unfall tue, er wolle sich entschuldigen und habe nun alles ganz genau berechnet. Wenn er gleich die Lunte anzünde, würde die darauffolgende Explosion genau zwei Marzipankugeln zu jedem Schüler schießen. Ungläubiges Schweigen. Als er das Feuerzeug an die Zündschnur hielt, fuhren die Schüler kreischend in die Höhe, versteckten sich unter den Tischen, drängten zum hintersten Teil des Raumes.

Die Zündschnur brannte ab – und alles, was passierte, war die Entflammung einer Wunderkerze. Mein Vater schlug sich auf die Knie vor Freude und verteilte die Marzipankugeln per Hand. Als er uns die Geschichte erzählte, konnte ich mich kaum halten. Wie toll, wie witzig! Meine Mutter blieb ernst, schüttelte den Kopf.

»Es war doch nur ein Scherz«, sagte Papa.

»Was soll lustig daran sein«, entgegnete sie, »Menschen absichtlich zu erschrecken!«

Meine Eltern stritten nie laut vor uns, aber manchmal waren sie nicht einer Meinung. Beim Abendbrot, jeder an einem Ende des ovalen Holztisches sitzend, warfen sie sich Argumente zu, die ich nicht verstand. Ich verstand nur, dass meine Mutter, die sich von Papa gepiesackt fühlte, an diesem Abend meinte: »Ich bräuchte hier auch mal so einen Versuchsaufbau. Einen Korb voll Tennisbälle, die könnte ich dir dann an den Kopf werfen!«

»Dann spanne ich ein Netz«, rief ich. Ich dachte wirklich, dass ich meinen Vater beschützen müsste.

Draußen Kälte, eisiges Tropfen vom Himmel. Wir spielten drinnen das Riese-Spiel. Es ging so: Wir Kinder warteten im Wohnzimmer in atemloser Spannung, bis wir den Riesen hörten. Papa. Er kam mit schweren Schritten durch den Flur. Um dann plötzlich brüllend loszurennen. Wir stoben auseinander. Unser Esszimmer war durch eine halbe Wand vom Wohnzimmer getrennt, um diese Wand konnte man im Kreis laufen. Schwindelnd, johlend wurden wir vom Riesen gejagt, gefangen und aufgefressen. Einer nach dem anderen. Und von vorne. Manchmal wartete mein Vater mehrere Minuten, bis er sich im Flur bemerkbar machte, was die Spannung unendlich erhöhte.

Wir trampelten so laut durchs Haus, dass das Geschirr im Esszimmerschrank klirrte. Meine Mutter war nirgends zu sehen. Das Spiel missfiel ihr, viel zu gemein und zu laut. Falls sie je etwas dazu sagte, dann nur: »Nicht so doll!« Und wenn, was fast jedes Mal vorkam und den Spaß beendete, einer von uns hinfiel, sich an der Wand schlug oder wenn wir im Chaos der Flucht mit den Köpfen zusammenprallten, kam sie zum Trösten. Sie brachte uns bei, dass man auf die schmerzende Stelle pusten kann und es gleich besser wird. Auch hatte sie für alles ein Lied, nichts war schöner als ihre Stimme: »Heile, heile Segen, drei Tage Regen, drei Tage Sonnenschein, wird schon wieder besser sein!« Manchmal sang ich mit, wenn mein Bruder sich wehgetan hatte und umgekehrt.

Meine Mutter zu Papa: »Das ist ein ganz tolles Spiel, wirklich! Nimm doch nächstes Mal ein Schwert mit in den Flur, damit die Kinder noch mehr Angst kriegen.«

»Au ja«, riefen wir, die Tränen schon wieder getrocknet. Papa schwieg.

Zu Weihnachten wurde das gesamte Wohnzimmer dekoriert. Die fensterlose Seite mit roten und blauen Tüchern ausgeschlagen und davor ein drei Meter hoher Weihnachtsbaum, geschmückt nur mit Wachskerzen und Mysterien-Symbolen aus geflochtenem Stroh. Sie mussten in bestimmter Anordnung aufgehängt werden, schön und geheimnisvoll. Erst am Abend des 24. Dezember, an Heiligabend, durften wir Kinder das hergerichtete Wohnzimmer und den Tannenbaum sehen. Wenn wir hörten, dass Mama die kleine goldene Glocke läutete, die nur für diesen Zweck da war, gingen wir hinein. Kerzenschein, Mandarinen- und Marzipanduft und der harzige Geruch der großen Tanne, unter der keine Geschenke lagen. Die gab es erst am Morgen des 25. Schließlich war Jesus, so wussten wir, um Mitternacht geboren und hatte erst danach die Geschenke der Hirten und Könige bekommen.

»Außerdem kann man Weihnachten auf diese Weise viel besser genießen«, fanden unsere Eltern. Genau wie sie glaubten wir Kinder uneingeschränkt an die biblische Überlieferung. In der Heiligen Nacht hatte Gott seinen Sohn auf die Erde gesandt, um die Menschen zu erlösen.

Wir sangen Weihnachtslieder, teils mehrstimmig, spielten eine improvisierte Variante des Oberuferer Christgeburtsspiels, mit Papa und Mama als Maria und Joseph. Diesmal wehrte sich mein kleiner Bruder dagegen, das Christkind sein zu müssen, er wollte Hirte sein, mit einem Hirtenstab laut auf den Boden klopfen, wie bei Aufführungen in der Schule gesehen, und eines der Schafsfell-Kostüme tragen, von Mama eigens zusammengenäht.

»Darf ich mal Maria sein?«, fragte ich. Mein Vater kratzte sich am Kopf. Vielleicht sei es besser, wenn ich Josephs Part übernähme und er den Hirten spiele. Auch gut, wobei ich den getragenen Gesichtsausdruck von Joseph nicht so perfekt draufzuhaben glaubte wie die Haltung von Maria, die simulierte, dass sie ein Kind in den Armen hielt.

Mein Bruder donnerte den Hirtenstab auf die Dielen, dass der Baum wackelte, Kerzenwachs zu Boden tropfte.

»Ich bin der Hirte Stichl und ich jage Wölfe«, rief er.

Mamas Stimme unter dem roten Maria-Umhang, der über ihrem Kopf hing: »Willst du denn nicht lieber dem Christkind ein Geschenk bringen?«

»Nö«, sagte er.

Januarschnee, etwas Besonderes. Schon als Kind war mir klar, dass es früher, in einer anderen Zeit, mehr geschneit hatte, weil meine Mutter so oft davon sprach. Sorgenvoll aus dem Fenster blickend: »Es ist viel zu warm!« Manchmal hatte ich ein Gefühl im Bauch, als würde etwas Schlimmes passieren, unsichtbar, kaum wahrnehmbar. Wenn die weißen dicken Flocken dann doch vom Himmel fielen, liefen wir nach draußen, machten eine Schneeballschlacht, bauten einen Schneemann. Dann ging es zum Rodeln auf den Schuttberg im Wald.

Diesmal wollte sogar Papa mitkommen. Doch es gab Streit und ich blieb missmutig zu Hause, schaute dann neidisch auf meine rotwangigen Geschwister, als sie Stunden später die Schlitten vor der Haustür abstellten und ihre Schuhe abklopften. Mein Vater ignorierte mich an diesem Abend. Er war vorher extra noch einmal zurückgekommen, um mich zu holen, freundlich, aufmunternd, doch ich war störrisch geblieben. Deutlich sah man ihm die Unzufriedenheit an.

Das war nicht das Letzte, was ich von ihm erinnerte, doch vergaß ich es nie.

II.
TOD

Nur das Flurlicht brannte, warf seinen Schein in das leere Elternschlafzimmer. Das spartanische Doppelbett war gemacht, als wären sie schon aufgestanden. So früh am Morgen? Ich hörte ein Geräusch auf der Treppe, unsere Untermieterin. Weil Mama und Papa ins Kino gegangen waren, hatte sie abends auf uns aufgepasst. Ihr rotes Haar stand noch wirrer vom Kopf ab als sonst, was den erschrockenen Gesichtsausdruck verstärkte. Sie habe auf dem Sofa geschlafen, meinte sie, weil –

»Hä?« Ich kratzte mich am Kopf. Meine Pyjamahose rutschte ein Stück runter, als ich mich zu ihr auf die Treppe setzte.

Bevor sie noch etwas sagen konnte, ging unten die Eingangstüre, Mama kam nach Hause, ihre Schritte noch leiser als sonst.

»Ihr müsst nicht in die Schule«, sagte sie. Ihr Gesicht blass, uralt, weltfern, doch ihre Hand, die kurz meine Wange streichelte, war warm. Es hatte einen Unfall gegeben, »euer Vater liegt im Krankenhaus, ich fahre gleich wieder hin.« Der Tonfall ihrer Stimme gleichmäßig und beruhigend. »Zieht euch

Hausschuhe an, es ist kalt«, sagte sie. Dann war sie wieder weg.

Wir saßen am Esstisch zum Frühstück, wie sonntags, nur ohne Eltern. Die Schule zu schwänzen war aufregend, doch bald machte sich eine unheimliche Stimmung breit. Die Untermieterin lief ständig in ihre Wohnung, rauchte eine Zigarette nach der anderen. Langsam, zögerlich, wurde es heller, die Wolken hingen direkt auf den Wipfeln der kahlen Bäume, so wirkte es, wenn ich nach draußen schaute, die Nase an die kalte Fensterscheibe drückte. Ödes braunes Laub, abgestorbene Brombeeren, nichts regte sich. Ein Februar ohne Schnee, der Tag nach Mamas Geburtstag.

»Das ist bestimmt was Schlimmes«, sagte ich – mein Bruder, der neben mir stand, boxte mich.

»Stimmt doch gar nicht!« Doch seine Augen sagten etwas anderes. Wir versuchten uns vorzustellen, wie das Krankenhaus aussah, in dem Papa lag, nur hatte ich noch nie eins von innen gesehen und mein Bruder erinnerte sich kaum. »Es war doof«, wusste er nur. Zum Spielen hatten wir keine Lust.

Stunden später kam Mama wieder, in Begleitung unserer Oma und einer Pfarrerin. Kälte wehte hinter ihnen ins Haus, sie alle totenbleich, was nicht am Februarlicht lag. Papa sei gestorben, das erfuhren wir noch an der Haustür im Flur. Wer das gesagt hatte, meine Mutter, die Pfarrerin, hatte ich nicht mitbekommen, ich konnte nur Omas Stimme zuordnen, »meine Armen, meine Kleinen«, ein liebevolles Gurren, das ich am liebsten mit einem Schrei beantwortet hätte. Ich haute mit der Hand auf den Flurschrank. Mamas Gesicht blieb regungslos wie das der Pfarrerin. Sie hatten noch ihre Mäntel an, schwarze stumme Säulen. Ich musste irgendetwas tun, ich –

rannte los, riss die Tür auf, die die Einliegerwohnung von unserem Flur trennte. Dort stand die Untermieterin, hatte mitgehört, ihr rundes Gesicht vor Entsetzen verzerrt. Ich fiel ihr in die Arme.

»Papa ist tot!«

Sie heulte. Ihr Geruch wie immer ein bisschen rauchig. Der Holzfußboden, auf dem ich mit abgewetzten Hausschuhen stand, war derselbe wie gestern und die Tage, Wochen, Monate und Jahre davor, war fleckig, federnd, heimelig. Nur wuchs in meinem Inneren ein gefrorener Stab, vom Bauch bis zur Kehle. Er würgte mich und drückte. Was der Tod meines Vaters bedeutete, wusste ich sofort: Er ist weg und kommt nie wieder. Seine Seele, ganz schmal und fein, ist in den Himmel aufgestiegen.

Ich lief zurück in unseren Teil des Hauses. Mein Bruder, mit starrem Blick auf der Wohnzimmercouch, gab kein Geräusch von sich. Ich heulte, bis ich nicht mehr konnte, und dann nochmal und nochmal, nichts wurde besser. Meine Mutter mitten unter uns Kindern, sie streichelte, liebkoste uns, ihre Arme kaum lang genug, uns alle zu umfassen. Sie wirkte, als sei sie mit den Gedanken woanders. Sie weinte nicht.

Hohläugig und müde beschloss meine älteste Schwester, schon am nächsten Tag wieder in die Schule zu gehen. Wir anderen machten mit, wollten das Haus verlassen, das sich leblos anfühlte, als sei die Atemluft verbraucht.

Mein Lehrer, am nächsten Morgen von meiner Anwesenheit überrascht, nahm mich in den Arm, sein faltiges liebevolles Gesicht ganz nah, weich und hilflos. Er schickte mich auf den Schulhof, um der Klasse zu erklären, was passiert war. Ich durfte zur Gesellschaft einen Kameraden mitnehmen und wählte absichtlich einen, den ich nicht gut kannte.

Während ich ihm von den tollen Tierbüchern meines Vaters erzählte, die ich erben würde, blickte er ratlos auf die halb gefrorenen Februar-Pfützen des Schulhofs, die Hände in den Hosentaschen vergraben. Er hatte die Schultern hochgezogen, wie ich. Die äußere Kälte spürte ich nicht, zitterte trotzdem. In meinem Inneren wieder das kühle drückende Gefühl, ein Gurgeln und Gluckern, ein gestauter Fluss.

»In den Büchern sind Bilder von Löwen«, sagte ich.

Er nickte.

»Und Tiger, Krokodile, Bären.«

»Ziemlich gut«, meinte er, zog eine Hand aus der Hosentasche und kratze sich am Kinn.

Abends legte ich mich zu Mama aufs Bett. Sie lag dort einfach nur, mit ausgebreiteten Armen. Ich sah etwas aus ihrem Auge die Wange hinunterlaufen.

»Weinst du?«, fragte ich.

»Nee«, sagte sie, »bin nur müde.«

Bald zog sie aus dem Elternschlafzimmer in das kleinere Zimmer im Erdgeschoss, später in den Keller. Das Ehebett hatte aus zwei zusammengeschobenen Einzelbetten bestanden, eines davon nahm sie bei ihren Umzügen im Haus mit. Das andere verschwand, erst zum Gästebett degradiert, dann schlief ich darin. Die Abiturientin war da längst ausgezogen, geflohen vor der grauen Zementwelle der Verzweiflung.

Langsam verstand ich die äußeren Umstände. An ihrem Geburtstag, dem achtunddreißigsten, war unsere Mutter abends mit Papa ins Kino gegangen. Sie hatten Wim Wenders' *Himmel über Berlin* geschaut, in dem es darum geht, dass ein Engel auf seine Unsterblichkeit verzichtet, um sich mit einer Menschenfrau einzulassen. Nach dem Kino, auf dem Rückweg zum Auto, wurde Papa beim Überqueren einer großen Straße und nur ein paar Schritte vor ihr laufend, von einem Bus angefahren, weil er nicht auf den Verkehr geachtet hatte.

Sein grauer Daunenmantel, auf dem man Blutflecken sah, lag bei uns im Waschkeller. Noch eindrücklicher die Aufbahrung seiner Leiche in der Kirche. Er sah friedlich aus mit dem weißen Verband um den Kopf. Es gab kein Wehklagen, kein Trauergeschrei, nur ernstes Schauen.

Später, nachdem ich mir den Unfall tausendmal vorgestellt und meine Mutter mit Fragen gelöchert hatte, die meist unbeantwortet blieben, kapierte ich: Der Verband um den Kopf meines Vaters sollte die Verletzung nicht nur verdecken, sondern den Kopf zusammenhalten. Er war noch am Unfallort gestorben, auf der Busspur, und dann reanimiert, künstlich am Leben gehalten worden, bis die Ärzte nach ein paar Stunden die Hoffnung aufgaben. Der Bus hatte ihn meterweit durch die Luft geschleudert. In meiner Vorstellung, in der mein Vater von der harten senkrechten Front des Busses getroffen wurde, ein Aufprall ohne Geräusch, sah ich nie sein Gesicht. Ich sah ihn von hinten, eine ferne Gestalt im grauen Mantel, die durch die Luft flog.

Ich glaubte fest daran, dass er im Himmel war. Doch ein paar Monate später begann ich mich zu fragen, warum. Wo war sein Schutzengel gewesen, als es passierte? Warum hatte Gott uns den Vater weggenommen?

Ich saß hinten im Auto auf dem Rücksitz unseres roten Passats, als ich meine Mutter danach fragte. Wir fuhren aus unserer Stadt in Richtung Hamburg. Rechts und links endlose Raps- und Maisfelder, über denen Kiebitze flogen, die ihre schlaffen Flügel so bewegten, als würden sie gleich abstürzen.

Meine Mutter fuhr langsam und vorsichtig.

»Wieso hat Gott zugelassen, dass Papa überfahren wird?«

Träge hingen die Kiebitze über dem gepflügten Feld in der Luft, müde Vorboten des Sommers.

Mamas Schweigen, der bleierne Himmel, der stickige Autogeruch mit Benzinnote. Ihre Antwort im hanseatisch kühlen Singsang: »Manche Menschen liebt Gott so sehr, dass er sie schon früh zu sich holt. So war es auch bei Papa.«

»Vater schaut im lichten Kleide stets zu mir herab. Vater geht an meiner Seite mit mir auf und ab. Jede Nacht in seinen Armen ruh ich fest und gut. Kräfte strömen auf mich nieder seiner Engelshut.« Ich sprach dieses Gebet jeden Abend seit seinem Tod, auch weiterhin, weil ich hoffte, dass er es irgendwie hören konnte. Doch an Gott und seine bescheuerten Schutzengel glaubte ich keine Sekunde mehr. Ich verstand nicht, wie meine Mutter das einfach so hinnehmen konnte. Sollte man sich auch noch bedanken, wenn einem etwas weggenommen wurde?

Ich versuchte, die echten Dinge festzuhalten, die Bücher, die Mikroskope, die Petrischalen meines Vaters. Mein Bruder und ich gingen regelmäßig ins alte Arbeitszimmer, dort hielt sich sein Geruch. »Komm, wir gehen Papi riechen!« Wir setzten uns vor den großen schwarzen Schreibtisch.

Irgendwann hörten wir damit auf, weil es in dem Zimmer nur noch nach Holz und nach dem Schreibtisch roch, gemischt mit Staub. Kurz darauf zog ich dort ein, die Grizmek-Bände konnten gleich im Regal bleiben und der schwarze Schreibtisch mit dem roten Leder blieb ebenfalls. Ich arbeitete fast nie daran, er war ein ungeputztes Denkmal, das den Raum versperrte. Im Grunde wurde das gesamte Haus immer mehr so, vollgeramscht mit Sachen, die ihre Funktion verloren. Was sollten wir mit dem großen Esstisch, wenn wir dort gar nicht mehr so oft gemeinsam aßen? Wozu die Mehlmühle, wenn niemand mehr Brot backte? Meine Mutter stellte das Essen auf den Tisch, aber war zu erschöpft, immer weiter ihre Arme um uns zu legen. Sooft es ging, saß sie auf ihrem Bett und las englische Liebesromane. Eine tiefe Stille senkte sich über uns, meine Gedanken darin wie das Tropfen eines undichten Wasserhahns. Wozu aufräumen, warum abwaschen, warum die Schuhe auf- und zumachen, wenn man die Dinger einfach, hinten auf die Hacke tretend, in die Ecke pfeffern konnte? Warum leben, wenn man eh stirbt? Und für wen genau putzt man sich eigentlich die Zähne? Ich hatte oft Bauchweh, Kopfweh, fehlte in der Schule. Einfach im Bett bleiben, das fühlte sich richtig an, auch meine Mutter machte das oft so.

Dann lernte ich Grischa kennen.

In der zweiten Klasse bei uns eingeschult, wurde Grischa mein bester Freund. Ich hatte ihn schon beim ersten Treffen ins Herz geschlossen. Erstens war ich etwas größer als er. Zweitens konnte er, als wir die Spielzeugautos auspackten, passende Geräusche dazu machen. Gasgeben, Bremsen, Sirenen, Unfälle. Ich fand, dass das für einen guten Charakter sprach, zumal es wegen seiner großen Vorderzähne, die ein bisschen auf die Unterlippe ragten, so aussah, als würde er ständig grinsen. Und bei seiner Oma gab es immer Essen.

Grischa und ich wohnten in der gleichen Straße, das Grundstück seiner Großeltern und Eltern lag an demselben Bach wie unser Haus. Oft fuhren wir mit der U-Bahn gemeinsam in die Hamburger Schule und wieder zurück in unsere Waldsiedlung. Dann wartete die Oma vor ihrem weißen spitzen Häuschen, das der Opa gerade mit frischer Farbe anmalte. Die Leiter lehnte an der Wand, er war schon drinnen. Mittagszeit.

Die Oma hatte eine Küchenschürze umgebunden, ihre Dauerwelle lockig-grau, ihre Brille mit einem getönten Glas. Bei einem Autounfall verletzt, war sie auf einem Auge blind. Sie sagte immer, was sie dachte und fühlte. Das mit meinem Vater, es tue ihr so leid, ich bräuchte auch gar nicht darüber sprechen, aber falls ich doch wollte … Sie war sehr neugierig und ich freute mich, zu erzählen. Dadurch fühlte ich mich wichtig.

»Nachdem der Bus ihn umgefahren hat, lag seine blutige Jacke noch bei uns im Wäschekeller«, erzählte ich. »Eine ziemlich teure Daunenjacke. Die hat jetzt mein Onkel. Wäre ja schade, wenn man die weggeworfen hätte.«

Die Oma schlug die Hand vor den Mund und schluchzte. Grischa starrte verlegen auf sein Steak. Sein Opa, der uns an dem viereckigen weißen Küchentisch gegenübersaß, nickte mir aufmunternd zu und murmelte in Richtung seiner Frau: »Ach, die nu wieder.«

Ich aß oft mittags bei Grischas Oma und blieb den Nachmittag über, immer öfter schlief ich auch dort, im Haus der Eltern, weiter hinten auf dem Grundstück. Wir jagten mit dem sabbernden Basset durch den Garten, spielten Cowboy und Indianer in wechselnden Rollen. Grischa konnte mit dem Mund die besseren Schussgeräusche machen, und ich hatte die besseren Argumente, warum er mich verfehlt haben könnte.

»Gilt nicht, ich stand hinter einem Felsen!«

In Spielpausen servierte die Oma Honigkuchenscheiben mit so viel Butter, dass Grischa sich schüttelte. Ich erinnerte mich an eine Geschichte, die mein Vater mal erzählt hatte. Als er klein war, gab es in seiner Familie keine Butter. Als er das erste Mal welche bekam, aß er gleich ein riesiges Stück davon, einfach pur, weil er Wunderdinge gehört hatte. Er musste sich übergeben und mochte sie seitdem nicht mehr.

Die Oma nickte nachdenklich. Dann wiederholte sie, was ich ihr früher erzählt hatte, sie wiederholte es oft. »Und als dein Vater gestorben ist, hat eure Mutter nie vor euch geweint, nech? So tapfer, also wirklich!«

Ihr noch funktionierendes Auge glühte. Wir wussten, dass sie einen Weltkrieg erlitten hatte, Trümmerfrau gewesen war. Sie bewunderte Menschen, die durchhalten konnten.

Ich war stolz auf meine Mutter.

Grischas Opa saß, wie fast immer, stumm daneben. Er wirkte wie eine riesige Baumwurzel, nichts konnte ihn erschüttern, er kannte keine Furcht. Ich spürte, dass er mein Grinsen und Plappern durchschaute, er wusste, dass mich innerlich etwas quälte. Eine komische Aufregung, eine brennende Unruhe, die in Angst übergehen konnte, ein Drücken im Bauch.

Der Opa sah, dass ich mich fremd fühlte, doch er sagte nichts. Sein Hund roch meine Angst nicht nur, er entblößte sie. Er bellte, knurrte, biss mich sogar einmal. Zwar bekam er dafür vom Opa die zusammengerollte Zeitung auf den Kopf, doch obwohl er aufjaulte und kurz ins Taumeln geriet, hatte der Schlag seine Wahrnehmungsfähigkeit nicht beeinflusst. Der Hund wusste trotzdem, wer ich war. Der Neue, ein Konkurrent. Ich presste das Angstgefühl irgendwo zwischen Hüftgelenk und Darm, in meine Kiefermuskeln, in mein künstliches Grinsen. Ich dachte, dass es allen so geht.

Manchmal, beim Überqueren der Straße, überfiel mich ein Sekundenschock. Ich glaubte, vergessen zu haben, nach rechts und links zu schauen und von einem Auto überfahren zu werden. Ich bildete mir den Aufprall ein, er fuhr mir durch den Körper, ließ Gänsehaut und verspannte Schultern zurück, eine feine innere Anspannung, die immer stärker wurde. Am schlimmsten war es, von meinem Vater zu träumen, wie er lachte, seine große Hand auf meinen Kopf legte, eine freundliche Baggerschaufel, die mich spielend hätte hochheben können – und dann aufzuwachen und zu realisieren, dass er tot war. Nie wiederkommen würde.

Ein Schultag zwei Jahre später, kurz vor sieben. Ich war schon länger wach, doch gerade erst aufgestanden. Ich las gerne noch im Bett, jetzt *Geh, zügle den Sturm*, den ersten Band von Joan Aikens historischer Abenteuerreihe. Ich rannte die beiden Treppen von meinem Schlafzimmer im ersten Stock zum Keller runter. Die schwere feuerfeste Eisentür des Heizkellers ließ ich beim Öffnen mit einem lauten Geräusch gegen die Wand krachen. Im Heizungsraum, wo die Gastherme stand, hatten wir Leinen gespannt, trockneten die Wäsche. Ich wollte mir frische Sachen nehmen, ah Mist, gestern Wäscheaufhängen vergessen. Mein Zeug feucht und zerknittert in der grauen Wanne. Ich joggte zurück nach oben, nicht ohne die Türe hinter mir zuzuschlagen, obwohl Mama daneben im ausgebauten Teil des Kellers schlief. Sie stand morgens selten mit uns Kindern auf. Als ich an der Küche vorbeikam, strich Kater Carlo mir um die Beine; seine Schwester, Hexe genannt, hatte mal wieder in den Flur gepisst; ich tat so, als hätte ich es nicht gesehen. Ich fütterte sie mit dem stinkenden Katzenfutter. Noisy, die Mutter der beiden, war auf der Jagd, oft tagelang, legte tote Tiere vor die Haustüre.

Ich zog die Sachen an, die ich schon die ganze Woche getragen hatte, zerrte dazu einen Pullover unterm Bett hervor, klopfte den Staub ab. Eigentlich hätte ich auch den von gestern anziehen können, nur wo war der? Vielleicht im Wohnzimmer, egal. Niemand in der Schule interessierte sich für meine Kleidung. Meine Freunde, wie ich ungefähr zehn Jahre alt, interessierten sich dafür, ob ich Naschgeld dabeihatte, aus dem Portemonnaie meiner Mutter gestohlen, ob ich im Unterricht Quatsch machte, der Basketball für die Pausen aufgepumpt war. Ich trug eine schwarze Jeans, etwas zu groß, ständig über den Po rutschend, und ehemals hellbraune, jetzt schmutzige Lederschuhe, mit denen ich auch Sport machte, wenn es sein musste.

Nachmittags fuhr ich zu einem Klassenkameraden. Bevor wir zu ihm nach Hause gingen, klauten wir in einem Supermarkt Süßigkeiten, die aß ich eigentlich die ganze Zeit.

Heute schlief ich zum ersten Mal bei dem Freund, das erste Mal in einem Hochhaus, zehnter Stock, fast ganz oben. Der Kunststoffteppich in der Wohnung fühlte sich komisch an. Die Heizung war voll aufgedreht, die Luft trocken und stickig. Die Kinder, unten zwischen den Häusern spielend, waren ruppiger als ich.

Abends, vor dem Einschlafen, erzählte mein Klassenkamerad mir von dem geheimnisvollen Lederkoffer seines Vaters, zu dessen Zahlenschloss er die Kombination wusste. In dem Koffer seien Filme mit nackten Frauen! Das beschäftigte uns, bis wir einschliefen. Über seinen Vater, der nie da war, sprachen wir nicht weiter.

Als die Mutter am nächsten Morgen aufstand, stellten wir uns schlafend, sprangen sofort aus dem Bett, als sie die Wohnung verließ. Wir öffneten den Koffer, fanden die Videokassetten. Mein Kamerad wusste, was zu tun war, ich hätte den Rekorder nicht bedienen können. In Unterwäsche hockten wir auf dem Wohnzimmerteppich und sahen einer Frau zu, die mit zwei Männern in einem Hotel ankam. Die Männer sprachen mit dem Portier, währenddessen rieb die Frau, was wir überhaupt nicht verstanden, ihren Unterleib an dem Hoteltresen und öffnete den Mund.

»Uhhh, ahhh«, stöhnte sie.

Als die drei in ihrem Zimmer ankamen, zogen die Männer ihre Hosen aus. Sie hatten riesige steife Penisse, die ich kaum mit dem Zipfelchen zwischen meinen Beinen in Verbindung bringen konnte. In diesem Moment hörte man den Schlüssel im Schloss knirschen, nicht im Film, in echt. Die Mutter kam zurück.

Als sie sah, was wir da guckten, gab sie ihrem Sohn eine

Ohrfeige, so dass sein Kopf zur Seite flog, und schrie mich an, ich solle abhauen. Ich packte mein Zeug und ging in die Schule, ließ meinen heulenden Kameraden allein, der zur Strafe zu Hause bleiben sollte. »Ohne Fernsehen«, hörte ich seine Mutter noch schreien.

In der Schulpause rief ich Mama an. Ich hatte kaum Angst, dass die Sache Konsequenzen haben würde, die gab es fast nie. Ich wollte ihr nur sagen, dass ich nach der Schule zu einem weiteren Klassenkameraden gehen und dort übernachten wollte.

»Du warst in dieser Woche nur einmal zu Hause und deine unaufgehängte Wäsche müffelt hier vor sich hin. Du kommst heute her!«

»Was soll ich da, du kochst doch eh nicht«, sagte ich und legte auf.

Nach der Schule fuhr ich mit dem Kameraden zu ihm nach Hause. Er hatte Angst, was passieren würde, wenn ich trotz des Verbots meiner Mutter mitkäme. Ich spürte ein Brodeln im Bauch, jedoch nicht schlimmer als sonst. Seit einiger Zeit hatte ich diese Bauchschmerzen, erzählte aber niemandem davon. Sie kamen einfach so, mitten am Tag. Ich wusste nicht, wie ich das jemandem hätte erklären sollen. Magenschmerzen kannte ich, Durchfall auch. Das hier war etwas anderes.

Im Reihenhaus des Kameraden angekommen, erwartete uns seine Mutter in der Küche. »Wir haben dich gerne hier«, sagte sie, »aber deine Mama will, dass du auch mal nach Hause kommst. Du darfst heute hier schlafen, aber nur, wenn du morgen wirklich heimgehst!«

»Na gut«, sagte ich.

Abends, als wir das Licht ausmachen mussten, lagen wir im Dunkel, starrten auf die von der Gartenlampe erzeugten Lichtfelder an der Zimmerwand. Stundenlang sprachen wir darüber, was wir alles mal erleben wollten, wir hatten viele Ideen und fanden alle gut. Früher hatte ich manchmal richtig Angst bekommen, nachts in den fremden Wohnungen. Ich spürte beim Einschlafen die drückenden grauen Wolken, luftabschnürend, die fremde Umgebung. Ich fühlte mich nicht geborgen. Damals hatte ich geweint, die fremden Eltern mussten mich trösten. Jetzt erzählte ich niemandem mehr von meiner Angst.

Am nächsten Morgen fragte ich die Mutter meines Schulfreunds, ob ich mir frische Unterwäsche leihen könne. Sie nickte. »Bitte wiederbringen, du hast ja schon einiges von uns«, mahnte sie. Genau genommen waren es vier Unterhosen, vier Paar Socken, zwei T-Shirts, ich wusste das. Und davor war es noch viel mehr gewesen, was ich einfach in eine Tüte geworfen und zurückgebracht hatte, gewaschen, nicht zusammengelegt. Ob meine Mama bei uns keine Wäsche falte, wollte die Freundesmutter damals wissen. »Doch, klar!«

Auf dem Geburtstag eines anderen Schulfreundes hatte dessen Mutter mich einmal beiseitegenommen und gefragt: »Weiß deine Mutter, dass du Löcher in den Hosen hast?«

»Logo!« Ich verstand diese Fragen erst Jahrzehnte später.

Meine Mutter kaufte für uns ein, manchmal half ich ihr, die vollen Beutel über die lange Auffahrt zu tragen – sie parkte das Auto möglichst weit weg von unserem Garten. In den Tüten Joghurt, Miracoli, Tiefkühlpizza, Brot, Wurst, Käse, Äpfel,

Orangen, Saft, Milch, Smacks. Da wir Kinder uns größtenteils selbst um die Mahlzeiten kümmern mussten, bestimmten wir zunehmend, was gekauft wurde. Es gab Putz- und Aufräumpläne, die niemand beachtete, was sich bei unserem großen Haus und dem Waldgarten deutlich auswirkte. Eine Putzfrau kam mittwochs für ein paar Stunden, wohl eher aus Mitleid, sie konnte in dem Chaos wenig ausrichten. Die schmutzverklebte Küche betrat sie gar nicht und das Putzzeug musste sie jedes Mal suchen, weil wir es nicht schafften, es an einem festen Ort zu lagern.

Sie stemmte die Arme in die Hüften und legte den Kopf schief: »Wo ist denn nun schon wieder der Feudel?«, fragte sie und ich lief los, um ihn zu suchen. Im Wohnzimmer stieß ich unachtsam gegen den Weihnachtsbaum. Durch die Erschütterung fielen mit feinem Rauschen die Tannennadeln auf den Boden. Sie waren blass, vertrocknet. Es war fast April.

Den dreckigen Feudel fand ich unter meinem Bett. Ach ja, der umgekippte Apfelsaft neulich. Ich wusch den Lappen aus, bevor ich ihn der Putzfrau übergab. Sie versuchte zu lächeln, die Mundwinkel zeigten nach unten. Bald kam sie nicht mehr.

Im Sommer gingen meine älteste Schwester und ich manchmal in die Küche, Fruchtfliegen totschlagen. Sie krempelte die Arme ihrer Bluse hoch, machte sich einen Zopf. Ich pustete mir nur das Haar aus der Stirn. Dann ließen wir nasse Handtücher auf die schmutzigen Geschirrberge klatschen. Wolken von Fliegen stiegen auf, klatsch, wirbelten durch die Luft.

Anfangs hatten wir geglaubt, damit etwas ausrichten zu können. Doch egal wie viele wir erwischten, es kamen hunderte nach. Jetzt machten wir es nur noch, weil es lustig war. Meine Schwester fand zwischen zwei Tellern eine dunkelbraune Bananenschale, die sie in meine Richtung warf. Ich duckte mich und schnippte ihr Eierschale an den Kopf, von einem Teller, der dort seit Wochen stand.

»Ganz liebe Grüße vom Pfingstfrühstück«, kreischte ich.

Sie legte den Kopf in den Nacken und lachte ihr lautes, mitreißendes Lachen. Wenige Augenblicke später war sie wieder ernst, puhlte sich Eierschale aus dem Haar, blickte auf die vollgemüllte Anrichte.

»Ich weiß jetzt, wie ich es mache«, sagte sie. »Wenn mein Freund mich besuchen kommt, darf er einfach nicht in die Küche.«

Wenn ihr Freund da war, sah man ihn also selten. Doch wenn sie Sex hatten, hörte man es durchs gesamte Haus. Meiner Mutter schien das so peinlich zu sein, dass sie dazu schwieg. Doch mein Bruder und ich, in kindlicher Verbundenheit, die immer seltener wurde, freuten uns darüber. Dann hatten wir eine geniale Idee. Wir kletterten in gut zehn Metern Höhe aus dem Dachfenster seines Zimmers, schlichen über die Dachschräge zum Fenster unserer Schwester und lugten hinein. Wir sahen, wie ihr Freund sich auf ihr abmühte. Sie lag unten, mit gespreizten Beinen und geschlossenen Augen. Obwohl wir noch nicht so recht verstanden, was der Freund da mit seinem Ding machte und vor allem *warum*, warum in Gottes Namen, sahen wir aufgeregt zu. Als wir später einen anderen Freund mit der Schwester beobachteten, vergaben wir Haltungsnoten. Wir diskutierten, wer von beiden es unserer Meinung nach »besser« gemacht hatte. Der Erste, da waren wir uns einig, hatte sportlicher gewirkt, ähnlich wie beim Liegestütz, der Zweite seine Hüfte schneller bewegen können.

»Ich würde sagen, es steht 1:1«, sagte mein Bruder mit ernster Miene.

Wir waren Meister darin, den chaotischen Zustand bei uns zu Hause zu verstecken. Ich brachte kaum Freunde mit und meine zweitälteste Schwester sorgte immer dafür, dass man ihr nicht ansah, dass wir auf einer Art Müllberg lebten. Wenn sie das Haus verließ, mit frisierten Haaren und leicht geschminkt, war sie einfach ein hübsches Mädchen. Ich merkte mir das für später, würde es kopieren (minus der Schminke). Meinem Bruder und mir sah man damals noch an, wie unordentlich wir lebten, jetzt schon länger in getrennten Zimmern: Wäscheberge, Bücherberge, Comicberge, schmutziges Geschirr, Schulsachen.

Nur meine älteste Schwester, im größten Zimmer, hatte alles unter Kontrolle. Sie besaß ein helles weiches Sofa, auf dem man sitzen konnte, ohne Krempel wegzuräumen. Sie hatte Regale, in denen die Sachen ordentlich aufgereiht waren, sie benutzte den Staubsauger nicht nur, um hin und wieder ein zersprungenes Glas zu beseitigen, sondern seinem Namen entsprechend. Sie nannte uns »die Kinder von Müller-bü« oder die »Müllhausener«. Dann warf sie den Kopf in den Nacken, ihr Lachen ertönte. Sie war selten böse auf mich, selbst wenn ich in ihren Sachen stöberte, verzieh sie mir schnell. Ihr Zimmer wirkte, als würde es nicht zu unserm spinnwebenverhangenen Haus gehören, das von außen durch Unkraut, Moos und die Rinnsale aus verstopften Regenrinnen angenagt wurde. Mannshohe Brombeerbüsche machten weite Teile des Grundstücks unbegehbar, und die großen Eichen mit ihrem dicken Blattwerk fraßen Sommer für Sommer mehr Licht weg. Von dem ganzen Naturgedanken war eigentlich nur noch Dunkelheit, Schatten und Staub übrig. Und moderndes Eichenlaub.

Die meisten Nachbarn verabscheuten unseren verwunschenen Garten. Ich konnte das falsche Lächeln von Frau Böckesheim, die auf der anderen Straßenseite wohnte, kaum ertragen – sie grüßte nur, weil es sich so gehörte, ihr Schäferhund drückte die wahre Empfindung aus. Er bellte, so auch ihr Mann, rotgesichtig, dauerwütend. Und das alles nur, weil wir seinen VW mal mit Matsch eingerieben hatten?

Manchmal war mir die feindliche Stimmung egal, oft wich ich den Nachbarn aus, verließ das Grundstück über den hinteren Waldweg, den man eigentlich nicht benutzen sollte. Manchmal pisste ich den Spießern in die Vorgärten, pfefferte Eier an ihre polierten Wohnzimmerfenster und drehte die stromfressenden Weihnachtsbeleuchtungen ab. Manchmal sehnte ich mich nach einer geschnittenen Hecke, einem ordentlichen gemähten Rasen, einer gepflasterten Auffahrt. Meine Mutter bestand weiter darauf, den Garten zu einem Dschungel werden zu lassen, der den Tieren gefallen sollte, den bedrohten Insekten, nicht den Nachbarn mit ihrem Pflanzen- und Insektengift, röhrenden Rasenmähern, dicken Pest-Autos.

Ich übernachtete häufig bei Grischa. Dort gab es Loriot, Sonntagsbraten, Gartenfeste. Grischas Mutter war laut und fast immer lustig, sein Vater hatte einen Oberlippenbart und muskulöse Arme. Er schleuderte uns durch den Garten, mühelos, reparierte in wenigen Minuten Fahrräder und wechselte Autoreifen. Wenn es kalt und glatt auf den Straßen war, fuhr er mit seinem kleinen Peugeot scharf um die Kurven und zog dabei kurz die Handbremse, damit das Heck ausbrach und wir ins Gleiten kamen. Wir jubelten und hielten ihn für einen Helden. Ich lernte von ihm, dass man beim Fußball nicht immer zurückziehen, sondern voll draufgehen musste und dass man die aus einer Grätsche resultierenden Schmerzen abklopfte wie Schmutz. Er zeigte uns, wie das ging, schüttelte so stark den Kopf, dass sein Gesicht schlackerte. Wir machten es sofort nach.

»Und jetzt weiter«, befahl er, »Attacke aufs Tor!«

Wir spielten auf dem sogenannten Bolzplatz ein paar Straßen weiter, eigentlich eine Baulücke, ein leeres Grundstück. Als Tore dienten Markierungen am Boden, ausgezogene Pullover, Stöcke, Steine. »Bolzen« für Fußballspielen, ein neues Wort.

Bei Grischa lernte ich, wie man Nägel einschlägt, eine Bohrmaschine hält, einen Schraubenschlüssel ansetzt. Ich lernte, meine Angst vor Hunden und großen Gewässern zu kontrollieren. Schiffe waren mir unheimlich, schon Hamburger Hafenrundfahrten mit meinem Vater hatten mich herausgefordert, seitdem war es nur schlimmer geworden. Das Schwanken, die Tiefe, ich fürchtete mich. Doch Grischas Eltern hatten ein Segelboot, rot und mit Namen »Ente«, das so groß war, dass man zu viert darauf schlafen konnte. Sie nahmen mich im Sommer mit in den Segelurlaub.

Zwischen dänischen Inseln setzte ich bei Rückenwind vorne am Bug, wo es am unruhigsten war, den bauschigen

Spinnaker und band Taue zu Seemannsknoten. Ich stemmte mich gegen die Pinne, um auf Kurs zu bleiben, wenn wir hart am Wind segelten. Bei ruhigem Wetter warfen wir auf offener See den Anker und tauchten durch die kalte klare Oberfläche des Meeres unters Boot, an dessen Rumpf Seepocken wuchsen. Bei starkem Wind ließen Grischa und ich uns an einer Leine hinterherziehen, Gischt wehte uns in die aufgeregten Gesichter. Um uns zu piesacken, rief der Vater, als wir schon draußen an der Leine hingen: »Passt ein bisschen mit den Haien auf, Jungs!«

Wir konnten kaum noch atmen vor Aufregung.

Bei einem Sturm, der das Schiff ins Schlingern brachte, zeigte mir Grischas Mutter, wie man über Bord kotzt, ohne sich die Rettungsweste vollzusauen. Ich hatte oft ein Grummeln im Bauch, ein Gefühl der Beunruhigung. Vor allem, zu Hause ebenso wie auf dem Schiff, fiel mir das Aufbrechen und Ankommen schwer. Ich wollte am liebsten, dass alles so blieb, wie es gerade war. Vielleicht liebte ich deshalb das Lesen so, wo der Körper stundenlang in Ruhe verharrt und nur die Gedanken schweifen.

Meine erste Zeitung, das *Hamburger Abendblatt*, hatte ich ein paar Monate früher gekauft, am Bahnhofskiosk, als der Golfkrieg ausbrach. Ich brachte sie mit in die Schule, mein Lehrer zeigte das Titelseiten-Kriegsbild der gesamten Klasse. Später nahm er mich beiseite und fragte sorgenvoll: »Verstehst du das denn überhaupt?« Ich hatte nur mit den Achseln gezuckt, denn ich las einfach alles, was mir in die Finger kam, ums Verstehen ging es nur nebenbei. Ich mochte den Klang, die Vorstellungsbilder und Erinnerungen, die Worte erzeugten. Darum las ich auch im Urlaub so viel, dass mein Lesestoff nach wenigen Tagen an Bord der »Ente« aufgebraucht war – den Abenteuerroman *Schmuggler in der Townsend-Bucht* hatte ich an einem Nachmittag verschlungen, während Grischa sich abends mühsam durch ein paar Seiten *Hanni und Nanni* kämpfte. So stoisch, wie ich in Bücher starrte, blickte er auf die Schnur seiner Angel; stundenlang hockte er am Wasser, während ich las. Ich kam ein paar Mal mit, aber mir schliefen vor Langeweile die Pobacken ein.

»Was machen wir denn da.« Grischas Vater, dem ich von meiner Bücherlosigkeit erzählte, schaute seine Bordbibliothek durch. Er war Krimi- und Thriller-Fan und drückte mir Konsaliks *Sie waren zehn* in die Hand, wahrscheinlich einfach, weil es so schön dick war und mich eine Weile beschäftigen würde. Während ich las, zunehmend gefesselt, blickte ich immer wieder über die Buchseiten zu ihm. Er reparierte etwas am Heck und beachtete mich nicht. Ich dachte, dass ich vielleicht verpflichtet sei, ihm zu melden, dass dieses Buch meinem Alter wahrscheinlich nicht so recht entsprach. Es kamen Sexszenen vor, bei denen ich rot wurde. Doch er werkelte pfeifend vor sich hin und Grischas Mutter, mit einem Blick auf meine Lektüre: »Ist das nicht zu grausam?«

»Nö, nö«, antwortete ich. Als ich Grischa später, die Eltern waren in einer Kneipe, ein paar der Sexszenen vorlas, runzelte er die Stirn. Wir saßen vorn am Bug, ließen die nackten Beine über Bord baumeln, schlugen hin und wieder eine Mücke tot. Grischa biss sich mit inzwischen gerichteten Frontzähnen auf die Unterlippe und grübelte. Dann fragte er: »Warum denken Erwachsene eigentlich nur an das eine?«

Das Wort Sex mochte er nicht aussprechen. Ich hingegen spürte deutlich, dass ich, was die Gedanken anging, durchaus erwachsen zu werden schien. Wenn ich irgendwo eine nackte Frau sehen konnte, schaute ich so lange hin, wie es ging. Bei nackten Männern auch. Ich verstand die Zusammenhänge noch nicht, ich schaute so auf ihre Körper wie als Kind auf die Zementmischmaschine der Bauarbeiter, auf die Affen im Zoo. Etwas verzauberte mich. Was ich damit sollte, höchst unklar. Doch sexuelle Fantasien gehörten schon lange zu meinem Leben. Sie machten mich glücklich, sie wirkten wie eine geheime Tür, durch die man der Realität entfliehen konnte.

Als ich aus dem Urlaub nach Hause kam, braun gebrannt wie noch nie, saß Mama in unserem wuchernden Garten im Schatten und trank Kaffee. Ihre Arme und Beine waren weiß, man sah ein paar Mückenstiche. Auf einem kleinen Beet hinter ihrem Stuhl hatte sie Unkraut gejätet, hatte Erde unter den Fingernägeln. Sie freute sich, mich zu sehen und meine Urlaubsgeschichten zu erfahren. Ich war beim Essen immer sehr wählerisch und einseitig gewesen. Dass sich das verändert hatte, eine kleine Sensation.

»Du hast Fisch gegessen? Den magst du doch gar nicht!«

»Jetzt offenbar schon«, sagte ich.

Sie lächelte mit den Spitzen der Mundwinkel, ihre grünen Augen halb geschlossen. Vielleicht erinnerte sie sich daran, dass ich jahrelang nicht viel mehr als Kartoffeln mit Butter, Äpfel und Käsebrote gegessen hatte. Sie nahm noch einen Löffel Zucker und rührte ihn in ihren Milchkaffee, ganz langsam, bis er vollständig aufgelöst war.

Bei ihr gab es auch Veränderungen. Sie hatte eine Ausbildung zur anthroposophischen Musiktherapeutin begonnen, ihr Lebensfokus wanderte von Natur und Kleinkindern zu kranken und sterbenden Menschen, das bemerkte ich, ohne es zu verstehen. Sie war auch Mitgründerin eines Vereins zur Hilfe für psychisch Erkrankte. Was das sollte? Mir schleierhaft, ebenso, warum sie als Musiktherapeutin bald so viel Zeit in Sterbehospizen verbrachte. Mir war diese Beschäftigung mit der dunklen Seite des Lebens suspekt. Mama war immer noch blass, doch sie sang und bastelte viel, wunderschöne Fenstertransparente aus Seidenpapier. Stundenlang, tagelang saß sie am Tisch, mit Entwerfen, Falten und Schneiden beschäftigt. Die Transparente wurden auf dem Weihnachtsmarkt verkauft, um unsere Schule finanziell zu unterstützen. Was sie auch machte: sich um die Firma kümmern, die ihr Vater vererbt hatte. Sie teilte das Erbe mit einer lebensunfähigen Stiefmutter und ihrem dauerbesoffenen Bruder, dessen Musikkarriere unter der Last des Alkoholismus zerquetscht wurde. Immer wenn ich sie fragte, wie viel Geld die Firma uns einbrachte, antwortete sie nur: »Genug.« Ich fragte nach, weil ich Angst hatte, dass es nicht reichen könnte. Denn so viel verstand ich schon, dass wir ohne die Firma schon längst das Haus hätten verkaufen müssen, mehr noch, es nie hätten bauen können.

Meine Mutter: eine große Freundin des undeutlich Hingemurmelten, des Verbergens. Was sie den ganzen Tag machte, was sie fühlte, war für mich kaum zu durchschauen, obwohl ich sie richtiggehend beobachtete. Ich sah, ohne es zu verstehen, dass sie Gefühlsausdrücke oft hinter einem Gähnen versteckte, jetzt gerade wieder, vor mir im Garten sitzend, mit ihrem großen süßen Kaffee in der Hand. Wollte sie weinen, wollte sie lachen? Sie lebte hinter einem Mauerwerk der Gefühle. Ein Staudamm, hinter dem das Wasser ganz flach und unbewegt wird, der Fluss seinen Charakter verliert. Allerdings konnte auch ich mein Gefühl für sie nicht greifen. Zärtlichkeit, in die noch etwas anderes gemischt war. Schwermut vielleicht, um ein Wort zu verwenden, das auch damals schon fast niemand mehr benutzte. Ich hatte oft den Eindruck, sie beschützen zu müssen, wobei ich das in der Realität gar nicht tat. Als sie bei einem Urlaub am Atlantik kurz darauf sah, wie mein elfjähriger Bruder aufs Meer hinausgezogen wurde und sie bei ihrem mutigen Rettungsversuch selbst in Gefahr geriet, blieb ich stocksteif am Ufer. Ich sah zu, wie mein Bruder von dem Sog, der ihn hinauszog, sanft wieder ans Ufer zurückbefördert wurde, während sich Mama in den Wellen abmühte und zwei Fremde ihr aus dem Wasser helfen mussten. Ich schämte mich für meine Handlungsunfähigkeit. Immer wenn ich an diese Situation dachte, was oft vorkam, legte sich ein grauer Schleier über mein Gemüt. Meine Mutter hingegen schien mir das verziehen zu haben, einfach so, ohne je ein Wort darüber zu verlieren.

Als sie ihren Kaffee ausgetrunken hatte und fragte, ob wir Eis essen gehen wollten, spürte ich ein warmes Glühen im Bauch. Ich war zwölf, ich durfte im Auto vorne sitzen, neben ihr. Immer öfter streichelte ich sie, küsste sie auf die Wange, gab ihr Kosenamen. »Mamilein«, »Mömmi«, »Mammutschka«. Dass Mama eigentlich schon ein Kosename war, kam mir nicht in den Sinn. Ich sah, wie schwer ihr vieles fiel, wie traurig sie war. Und einsam, so dachte ich. Es kam kein neuer Mann in ihr Leben.

Da sie mich nicht überwachen oder zügeln konnte, mir kaum etwas verbot, machte ich viel Unsinn, ohne wirklich böse zu sein. Ich lief mit Freunden über U-Bahn-Gleise, trank von Terrassen geklautes Bier, kroch in die Kanalisation und baute dort unter einem Gulli eine Höhle, rannte nachts über die dreispurige Autobahn nach Lübeck, hin und zurück, während ich das Licht der heranrasenden Scheinwerfer auf meinem Körper zu spüren meinte. Das Hupen der Autos, wegen der hohen Geschwindigkeit lustig in die Länge gezogen, beantwortete ich mit lautem Brüllen. Ich spürte, was für eine Kraft ich entwickeln konnte, wenn ich sagte: »Ist mir scheißegal.« Aber ich bemühte mich, dass meine Mutter so wenig wie möglich davon mitbekam. In einem meiner ersten Schulzeugnisse, das ich unerlaubterweise las – in den ersten Waldorfschuljahren war das untersagt –, hatte mein Klassenlehrer sinngemäß über mich geschrieben: »Er spürt die Grenze dessen, was gerade noch so akzeptabel ist, sehr genau, das merkt man seinen Hausaufgaben fast immer an.« Ich verstand das als Kompliment, nicht als Kritik.

Auf dem Weg zur Eisdiele fuhren meine Mutter und ich an einem Grundstück vorbei, von einem gefährlichen schwarzen Hund beherrscht. Früher war ich oft einen Umweg gegangen, um nicht an ihm vorbeizumüssen. Jetzt zeigte ich dem Kläffer aus dem Autofenster den Mittelfinger, was meine Mutter mit einem »ach Mensch, also wirklich« tadelte. Ich presste ein künstliches Gelächter heraus, wie die Figur aus einem Zeichentrickfilm. Auch ich konnte Gefühle verstecken, die Furcht vor dem Hund, vor Wasser, dem Sensenhieb des Schicksals. Im Versteck nistete sich die Angst gemütlich ein, pulste durch meinen Körper, eine hier undurchsichtige, dort klare, mal wilde und mal lauernde Flüssigkeit, die überall hinfließen konnte, sich mit jedem anderen Gefühl vermischte.

III.
JUGEND

Wenige Jahre nach Papas Tod, ich war fast dreizehn, musste ich zu einem neuen Zahnarzt. Bei Alltagsfragen war meine Mutter oft abwesend, es kümmerte sie nur sporadisch, wo ich mein Schulbrot oder eine saubere Hose ohne Löcher herbekam. Statt die Küche aufzuräumen, stürzte sie sich in ehrenamtliche Tätigkeiten und ihr Musiktherapie-Studium. Doch bei Grundsatzfragen war sie hellwach. Der neue Zahnarzt musste her, weil er Kinderzähne nicht zu giftigen Amalgam-Endlagern umbaute, sondern andere Füllmaterialien verwendete.

»Es geht doch anders«, fand meine Mutter, »ich verstehe nicht, wie die Leute so dumm sein können!«

Früher hatte ich mir unter diesen »Leuten« nichts vorstellen können, jetzt verstand ich immer mehr, dass es sich dabei um ein diffuses Machtgefüge handelte, zu dem die Autoindustrie und weite Teile der Politik gehörten sowie fast alles, was man »Schulmedizin« nannte, auch so ein Wort, das ich lernte, ohne es ermessen zu können. Es fiel nicht groß auf, dass meine Mutter außer zum Zahnarzt zu gar keinem richtigen Arzt mehr ging. Sie fuhr zu einem Heiler an die

Ostsee, der Laserlicht auf die Krankheiten schoss. Ihr schien es zu helfen.

Computerspiele oder Fernseher gab es bei uns weiterhin nicht, E-Stoffe im Essen wurden gemieden, in unserem Hausflur hing eine Liste mit den gefährlichsten, E-104, in Brausepulver zum Beispiel, sollte krebserregend sein – keine schöne Aussicht, denn fast alle Menschen, die Anfang der 1990er an Krebs erkrankten, starben schnell. Es gab kein Mittel gegen die wuchernden Geschwüre, die den Körper von innen lahmlegten.

Ich hatte es mir zur Gewohnheit gemacht, auf Inhaltsstoffe zu achten, hinten auf den Packungen gelistet. Doch beim Zucker machte ich gerne Ausnahmen, genau wie meine Mutter. Nach dem tödlichen Unfall hatte der weiße Stoff unser Ökoleben geflutet. Und da das Zähneputzen bei mir einem zufälligen Rhythmus folgte, musste ich oft zu dem neuen Zahnarzt, ein kräftiger Rotschopf, der bei meinem Anblick regelmäßig erstarrte. Anfangs dachte ich, er sei über meine schlechten Zähne schockiert, zumal die meiner Mutter nicht besser waren. Später, als ich wusste, was mit seiner Frau los war, kapierte ich, was ihn wirklich erschreckte. Wir waren dem Tod begegnet, das sah er uns an.

Eines Tages spazierte seine jüngste Tochter ins Behandlungszimmer. Blond, schmal und mit großen liebenswerten Augen, wie aus einem Bilderbuch.

»Das ist Simon, der isst zu viele Süßigkeiten«, sagte der Arzt.

»Ich habe schiefe Zähne, ich krieg bald eine feste Zahnspange. Ich heiße Anna.«

Da die Behandlung beendet war, wollte der Arzt, dass Anna und ich uns Rücken an Rücken stellten, um zu messen, wer größer sei. So etwas war mir sonst eher unheimlich, außerdem schwitzte ich wegen der schmerzhaften Behandlung sowieso schon unter den Armen. Doch neben Anna spürte ich keine Angst. Etwas Weiches, Unverständliches berührte mich. Ich ärgerte mich gar nicht, dass entschieden wurde, wir seien gleich groß. Zum ersten Mal in meinem Leben sah ich bewusst ein Mädchenlachen. Anna hatte wirklich schiefe Zähne, sie sah cool aus. Wir gingen auf die gleiche Waldorfschule, sie eine Klasse über mir.

Die Kleinstadt, wo der Zahnarzt samt Praxis zu Hause war, gehörte zum Hamburger Speckgürtel. Wohlhabende lebten dort zwischen Bäumen, Flüssen, Wiesen und Feldern, über viele Kilometer nur von saftigen Knicks und Seen unterbrochen. Auf den Feldern Raps und Mais. Der Mais ernährte die Schweine, der süße Raps duftete. Es gab eine Billardkneipe und eine Disko, drei Bäcker, eine Buchhandlung und den winzigen Bahnhof. Als Teenager ächzten wir unter der Lahmarschigkeit des Städtchens.

Das Haus des Zahnarztes aber war anders, es wirkte wie ein Landsitz, ein Schloss. Hier musste, ganz sicher, das Geheimnis des Lebens zu entdecken sein. Unter Pflaumen- und Apfelbäumen wurde im Garten Boule gespielt. Dann kam auf Ledersandalen der Nachbar dazu, ein Archäologe, der über seine Reisen für *Geo* schrieb. Außerdem gab es eine Haushälterin, die Wachteln und Crème brûlée zubereiten konnte – und die Sopranistin Helen Donath, eben in New York in *Figaros Hochzeit* aufgetreten, stand regelmäßig im Musikzimmer am Flügel und sang Schubert-Lieder. Sie bekam vom Zahnarzt Privatbehandlungen, bei denen er, so drückte er sich aus, zum »Vollender ihrer künstlichen Incisivi und Canini« wurde. Gleichzeitig spielte er sein Opernwissen herunter und bat Helen, doch bitte zum Abendessen zu bleiben. Sie blieb nicht nur, weil er hochklassige Weine aus dem Keller holte, sondern weil es hier schön war.

Beim Tischdecken steckte Annas älterer Bruder *Das Kunstwerk im Zeitalter seiner technischen Reproduzierbarkeit* von Walter Benjamin in die Tasche seiner Jeans, beim Essen fuchtelte er damit herum. Er hatte es eilig, wollte noch mit dem Auto ins Theater und versprach dem müden Vater, nicht mehr als drei Bier zu trinken. Die ältere Schwester hatte vom Geige-Üben einen Bluterguss am Hals. Sie sagte, dass man gar kein Bier trinken dürfe, wenn man fährt. Und Anna, die Jüngste, schob der entzückten Sopranistin Lektüretipps über den Tisch, *Sofies Welt* und *Die Kunst des Liebens*. Dann redete sie von ihrem Lieblingsthema, Wagner-Opern, und fragte ihren Vater so übergangslos wie unschuldig, ob ich, da es schon so spät sei, heute bei ihr schlafen dürfe.

Helen zwinkerte mir zu, starr, wie ich war, beide Hände zwischen Stuhl und Oberschenkel geklemmt. Ich schaute nur, schweigend. Der Bruder stand auf und ging ins Theater. Die Schwester verdrehte die Augen. Der Vater nickte – und reduzierte seine moralischen Bedenken auf den Hinweis, dass morgen Schultag sei und daher früh ins Bett gegangen werden müsse. Bei dem Wort ›Bett‹ grinste Anna breit und ihre Schwester schüttelte stumm den Kopf. Ich saß weiter so regungslos da, wollte unsichtbar werden.

Der Grund dafür, dass ich hier war, dass Anna, ein Jahr älter als ich und eine Klasse über mir, sich in mich verliebt hatte und dass ihr Vater das weit über das Maß ihres kindlichen

Alters hinaus zu akzeptieren bereit war, lag in dem rauen, schmerzvollen Stöhnen, das jetzt aus dem Wohnzimmer drang. Es klang so schlimm, dass der manierliche Mund der Opernsängerin sich mitleidig verzerrte. Die ältere Schwester sprang auf, sah so müde aus wie ihr Vater, ganz weißlich um die Wangen, ich kannte diese Blässe.

Die Schwester lief ins Wohnzimmer, man hörte ihre Stimme. »Was ist los, Mama, brauchst du Morphium?«

Anna war mir nicht mehr aus dem Kopf gegangen, seit ich sie in der Praxis getroffen hatte. Und an einem Herbstnachmittag, im Garten nur stumme Bäume und totes Laub, hatte ich sie angerufen. Sie trug ihre feste Zahnspange, nuschelte ein bisschen. Sie wusste gleich, wer dran ist – und auch, dass ich eine Klasse unter ihr bin, meine größte Schwäche. Aber das interessierte sie gar nicht.

»Ist dein Vater nicht gestorben?«

»Vor fünf Jahren«, antwortete ich und hoffte, man möge den Schock, den solche Fragen immer noch erzeugten, nicht durch den Hörer spüren.

»Meine Mutter hat Krebs. Überall im Körper. Sie stirbt bei uns im Wohnzimmer.«

Das erste Treffen vier Tage später: Anna saß auf meinem schmalen Kinderbett, für das im alten Arbeitszimmer meines Vaters kaum Platz war. Ich setzte mich auf den monströsen alten Schreibtisch, mit baumelnden Beinen, weil ich mich nicht neben Anna setzen wollte. Zu nah. Die Grzimek-Bände waren noch im Regal und Anna, die aufgestanden war, ließ ihre Finger über die bunten Buchrücken gleiten. Sie konnte sich ein Grinsen nicht verkneifen.

»Du hast Biologiebücher im Regal«, stellte sie fest, »und ein Fernrohr zum Vögelbeobachten?« Tatsächlich hatte ich mir ein Fernrohr zu Weihnachten gewünscht. Es erinnerte mich an die Zeiten mit meinen Eltern, als es nichts Aufregenderes gegeben hatte als Affen im Zoo oder das bunt aufblitzende Gefieder eines Eichelhähers im Garten. Mit dem alten Fernrohr meines Vaters war es mir damals gelungen, ein Eichhörnchen dabei zu beobachten, wie es an einer Nuss knabberte. Danach hatte ich mich wie ein Naturforscher gefühlt, was ich Anna auch erzählte. Sie grinste immer noch, ihr Gesicht war ganz nah vor meinem, so dass ich ihren Atem spürte. Sie stand direkt vor mir, schloss die Augen.

Ich küsste sie auf den Mund, genauso, wie ich meine Schwestern oder meine Mutter küsste, mit geschlossenen Lippen. Ein Schmatzer. Das Geräusch ließ Anna kichern.

»Das ist doch kein Kuss«, sagte sie, »du musst den Mund aufmachen und die Zunge dazunehmen!«

In Kerzenlicht und einen gelben Cashmere-Pullover gehüllt, zeigte sie mir, wie das geht. Nächstes Mal dürfe ich ihr vielleicht unter den Pulli fassen; ob ich wisse, wie ein BH aufgehe? Meine Lippen brannten. Ich nickte zwar eifrig, war aber froh, dass das Gespräch auf ein anderes Gebiet wechselte, auf die Bücher, die im Regal neben dem Grzimek standen.

Ich hatte sie im ganzen Haus zusammengesammelt, aus Mamas Bibliothek, von meinen Schwestern. Teils hatte ich sie auch geschenkt bekommen. Märchenbände der Gebrüder Grimm, Michael Endes *Momo* und *Jim Knopf*, Gudrun Pausewangs *Die Wolke*, Joan Aikens Abenteuerromane, ein paar Krimis, Morton Rhues *Die Welle*, Liebesromane auf Groschenniveau, Comics, ein Kochbuch und Ryke Geerd

Hamers *Krebs: Krankheit der Seele*, das Anna schnell wieder weglegte. Klaus Kordons *Die roten Matrosen* wog sie in der Hand.

»Echt gut«, sagte ich.

»Es gibt zwei neue Bände, kann ich dir ausleihen. Es ist eine Trilogie.«

»Trilo-was?«

»Trilogie, das heißt, es sind drei Bände, die zusammengehören. Ich liebe Bücher, allein der Geruch!« Sie öffnete *Die roten Matrosen* und steckte ihre Nase hinein.

»Ich habe schon als Kind Geschichten erfunden, Rittergeschichten und so!«, sagte ich, als wäre ich nicht noch immer ein Kind …

»Oh, ein Schriftsteller!«

Das sei ich noch nicht, gab ich zu, während mir die Röte bis zur Stirn stieg, aber ich wolle es werden.

»Gut zu wissen, falls ich dich mal heirate. Du kannst mir ja ein Gedicht schreiben.«

Abends brachte ich sie zum Bus. Nachdem wir uns verabschiedet hatten, stand ich allein in der kalten Nacht, hörte die Geräusche des sich entfernenden Fahrzeugs. Am Boden das Licht einer Straßenlampe, am Himmel ein silberner Halbmond. Ich traute meinen Augen kaum. Die Luft war so klar, dass ich nicht nur die helle Sichel wahrnahm, sondern auch den dunkleren Teil daneben. Ich sah den Mond zum ersten Mal in meinem Leben nicht als Scheibe, sondern als Kugel. Sie hing da einfach in der Luft, vollkommen unerklärlich, ein Wunder der Wirklichkeit.

Ich rannte den gesamten Weg von der Busstation nach Hause, erst vor der Haustür im dunklen Garten stoppte ich.

Die körperliche Anstrengung half beim Eindämmen der Gefühlswellen. Ich wollte nachdenken.

»Habe ich jetzt eine Freundin?«, fragte ich meine Schwestern später. Nicht unbedingt, meinten sie nach kurzer Beratschlagung. Ich solle Anna halt einfach anrufen und fragen.

Ich erfuhr nach und nach, dass es etwas dauerte, bis man wirklich sagen konnte, dass man »zusammen« war oder »miteinander ging«. Mir nur recht. Annas Brüste anzufassen, unter meinen Fingern ihre Brustwarzen hart werden spüren, sie dabei zu küssen, so wie ich es bei einem der nächsten Treffen erlebte – was mehr sollte noch kommen?

Wie meine ersten Gedichte für Anna gingen, daran erinnere ich mich nicht. Ich schrieb sie per Hand auf einen Zettel, sie drückte ihn an ihr Herz, »spürte süßen Schmerz im Licht der Kerz'« – so ähnlich wahrscheinlich.

Anna und ich fuhren mit dem Fahrrad in den Wald, es waren schöne Herbsttage, die Luft rauchig, der Himmel klar. Alles dampfte, das Moor roch säuerlich nach Torf. Ich hielt ihre Hand fest, obwohl meine Finger gleichzeitig kalt und feucht wurden.

»Wir reiten auf unseren Pferden. Du bist ein Prinz und ich bin die Marquise ... Du musst mich rumkriegen«, sagte Anna, als wir die Fahrräder zurück zu ihr lenkten. Das Haus leer, die Eltern bei einem Arzt, die Geschwister ausgegangen.

»Rumkriegen zu was?«

»Du musst mich überreden, dass du mich lecken darfst. Zwischen den Beinen.«

Vom Oberkörper hatten wir bereits uns nach unten vorgearbeitet, trauten uns sogar, ganz nackt voreinander zu sein. Aber dass ich sie leckte, war das erste Mal.

»Geliebte Marquise«, murmelte ich, »ich würde Ihro Majestät gerne mal unter den Rock …« Da war Anna schon nackt, lag auf dem Rücken im Bett. Sie zog die Beine an, während ich meinen Kopf auf ihrem Bauch langsam hinunterbewegte. Als ich ihr meine Zunge zwischen die Beine schob, durch die Haare, zwischen die Schamlippen, war das, als hätte ich einen Schluck Salzwasser aus einem unbekannten, unentdeckten Gewässer in den Mund bekommen. Ich hörte Annas Stöhnen und spürte ihre Hand auf meinem Kopf. »Die Erregungskurve der Mädchen«, so stand es in der *Bravo*, »ist sehr verschieden zu der des Jungen. Während sie beim Jungen steil ansteigt und nach dem höchsten Punkt (gleich Höhepunkt) rapide abfällt, ist die Kurve beim Mädchen sanft ansteigend und nach dem Orgasmus ebenso langsam abflachend.« Stimmte.

Als ich später in ihren Mund »kommen« durfte, so unsere Wortwahl, flog ich auf einen anderen Planeten. Ich landete erst wieder auf der Erde, als Anna mein Sperma geräuschvoll in ein Taschentuch spuckte. Sie wollte es nicht runterschlucken, was ich gut verstehen konnte.

Als wir wieder angezogen waren, was ich immer so machen musste, dass sie meine kaputten Unterhosen nicht sah, hatte sie Erich Fromms *Die Kunst des Liebens* aus einem Stapel neben dem Bett gezogen und las mir vor. »Ich möchte zeigen, dass es in der Liebe zu einem anderen Menschen überhaupt keine Erfüllung ohne die Liebe zum Nächsten, ohne wahre Demut, ohne Mut, Glaube und Disziplin geben kann.« Ich fand, dass ihren Kopf dabei auf meinem Schoß zu dulden, obwohl mir beide Beine einschliefen, schon eine gewisse Form von Demut und Disziplin erforderte. Dass wir noch nicht miteinander geschlafen hatten, störte mich nicht. Echten Sex haben, mein Ding in sie reinschieben, schien kompliziert. Unsere Rollenspiele hingegen vereinfachten alles. Sie war Prinzessin, Königin, böse Schwester, Nonne, Hure, Magd. Ich war Prinz, Matrose, Soldat, älterer Bruder, Diener. Kostüme brauchten wir nicht. Sexualität war eine neue Welt, und alles wirkte verzaubert, wenn wir sie betraten.

Es dauerte nicht mehr lange, bis wir unsere nicht mehr ganz so lupenreine Unschuld verloren, an einem Nachmittag im Januar, während Schnee in die Gärten unserer Vorstädte fiel.

Wenige Monate später war Annas Mutter tot.

Wie giftiges Gas strömte diese Erfahrung über Annas Familie. Sie kroch über das Grundstück, ins Haus, lähmte die Herzen. Vor allem meines. Der Duft der Obstbäume, unter denen Anna und ich lagen, sie den Kopf auf meinem Bauch, verband mich nicht mehr mit der Schönheit der Welt, ich dachte jetzt an Kompost, faule Äpfel. Durch die grün belaubten Äste sahen wir, dass die Wolken sich veränderten, doch keine Gestalt annahmen. Keine süßen Tiere, keine vertrauten Gesichter. Sie dampften stetig vor sich hin, Symbole unerbittlicher Veränderung. Vor dem Tod von Annas Mutter war ich zu einem Teil der Familie geworden, doch da ich weder zum letzten *Ave Maria* am Sterbebett noch auf der Beerdigung erscheinen konnte, war etwas zwischen uns getreten. Ich hatte schlicht Angst gehabt, Angst vor der Mühle des Todes, Angst vor dem Ersterben und Verstummen. Anstatt das zuzugeben, verstummte ich selbst. Mit vor Wut glitzernden Augen hatte mich Annas beste Freundin dann auf dem Schulhof am Arm gepackt und gezischt: »Jetzt ruf sie doch endlich mal an!« Wie versteinert war ich, hatte mich tagelang nicht gemeldet.

Als wir uns wiedersahen, nach den ersten Trauertagen, flüsterte ich Anna unter den Obstbäumen ins Ohr: »Es tut mir so leid, ich liebe dich.« Sie schloss die Augen und schwieg.

Ich wollte sie festhalten, doch meine Hände waren schlapp. Ihr Kopf lag direkt auf meinem rumorenden Unterleib. Ich hielt noch ein bisschen die Luft an, dann bewegte ich mich. Sie öffnete die Augen, aber ich konnte ihren Blick nicht lesen.

Es vergingen zwei Jahre, Anna und ich entwickelten uns wie Jugendliche, oft seitwärts und zurück. Ihr Bruder zog nach Berlin, die Schwester studierte in Hamburg. Der Vater hatte eine Neue, was Anna nicht gefiel. Sie weinte, schrie herum. Bei mir war sie apathisch oder wollte im Bett ganz schnell den Orgasmus, um einschlafen zu können.

Im Sommer entschied sie, mit ein paar Bekannten in den Urlaub zu fahren, die nichts vom Tod ihrer Mutter wussten oder denen es egal war. Sie brauchte Abstand. Mich nannte sie eigentlich nur noch bei einem Kosenamen, aus einem John-Irving-Roman abgeleitet: »Meany«, sprich »Mini«. Immer mehr fühlte ich mich dabei wie ein Haustier oder ein Gerät.

»Ich liebe dich, Meany«, sagte sie auf dem Busbahnhof zum Abschied, »du darfst mich gerne in drei Wochen hier abholen!« Dann setzte sie sich in den Bus, zog ihre Discman-Kopfhörer auf, machte bei der Abfahrt einen Kussmund an die Scheibe. Mein Winken, ich wusste es, sah kläglich aus. Im Hals spürte ich einen Würgereiz. Es war heiß, über den grau flimmernden Zement liefen Penner und Drogensüchtige hin und her, ihre Unruhe spiegelte meine.

Anna blieb die ganze Zeit abseits der Reisegruppe, wie sie mir später beichtete, schlenderte in die Nacht hinein, durch Straßen und Bars. Die pittoreske Armut des Städtchens an der Costa Brava gefiel ihr. Die Zahnspange hatte weiße Perlenzähne hinterlassen, und was für ein Spektakel ihre Beine verursachen konnten, oder eine Kusshand, in die stickige Höhle einer Bar geworfen, wo alten Männern vor Freude die Knie zitterten. Natürlich war sie nicht blöd. Die nächste Kusshand landete bei Schöneren, Jüngeren. Sie liefen Anna und ihren blonden Haaren hinterher, klatschten in die Hände, und einer sprach sie an. Ich stellte mir das Ganze später minutiös vor, eine Art Selbstpeinigung. Wie sie mit dem Motorrad zum Strand fuhren, wie stark seine Arme aussahen, wie braungebrannt Annas nackte Füße …

Am Morgen erschien Anna nicht zum Frühstück. Der Reiseleiter, der sie in stoischer Ruhe und mit einem Veilchen auf ihrem Bett sitzend vorfand, dachte, sie sei betrunken. Als er seine frühstückswarme Hand auf ihre Schulter legte, zuckte sie zurück wie bei einem Stromschlag. Bevor der unbedarfte Tourismus-Erstsemester irgendwelche Schlüsse ziehen konnte, erzählte sie Unwahrheiten. Sie habe die Schnauze voll, sei auf der Treppe hingefallen. Sie sehne sich nach ihrem Zuhause. Alle seien bescheuert hier, wann der nächste Bus zurückfahre? Dann ging sie zum fünften Mal an diesem Morgen ins Bad, um sich den Sand aus dem Mund zu spülen.

Später nannte Anna ihn »Typ« und ich übernahm das. Ein richtiger Name wäre zu viel gewesen, die Bezeichnung Verbrecher ebenso, er war ja nicht als Verbrecher zu erkennen, sondern wirkte wie ein normaler Mann, mittelgroß, mittelschwer, mittelnett. Ein Typ eben. Mit kühnem Gesicht, behaarten Unterarmen und schwarzem Herzen.

Anna musste mir nach dem abgebrochenen Spanienurlaub von der Wodka-Cola, vom Strand, vom gewaltsam in ihren Mund gestopften Sand erzählen. Schließlich konnte sie schlecht verbergen, dass sie vergewaltigt worden war. Sie schlief nicht mehr mit mir und nachts, wenn sie Alpträume hatte, ging sie auf mich los. Bald verstand ich, dass die Angriffe nicht mir galten, dass die Krallen, die plötzlich aus Annas Händen wurden, nicht mich verletzen sollten. Aber ich verstand nicht, warum ich ähnliche Gelüste hatte, und sei es nur spielerisch, wie der Typ. Wie oft ich Annas Arme über ihrem Kopf festgehalten hatte, sie die Magd, ich der Prinz … Ihre Alptraumnächte, die ich miterlebte, wurden um diese Erkenntnis verlängert, in jede Faser meines Körpers, in die Pausenbrote und in den Deutschunterricht, wo meine Lehrerin über den Gedankenstrich in Heinrich von Kleists Erzählung *Die Marquise von O.* sprach:

»Hier – in diesem Gedankenstrich, ein Strich, nicht einmal ein Buchstabe oder ein Wort, ist schriftlich alles ausgedrückt: die Vergewaltigung der Marquise. Hat sie geschlafen während der Vergewaltigung? War sie ohnmächtig? Ist sie mitschuldig? Das ist Kleist: Dramatik, Chaos und moralische Fragen in einem Satzzeichen …«

»Auf keinen Fall ist die Marquise mitschuldig«, war mein knapper, vollkommen ungermanistischer Einwand.

Weil die Welt, in der wir lebten, so war und weil Anna sich für eine richtige Anzeige zu sehr schämte und der Typ irgendwo frei herumlief, gab es für sie Grunge und Hasch, die für andere Leute Wohlstands-Öde überbrückten. Anna aber, weil Krebs, Tod und Vergewaltigung für ein paar Pubertätsjahre zu viel waren, suchte Betäubung. Währenddessen wurden unsere Versuche, über alles zu sprechen, ungeschickter und ungeduldiger.

»Vergewaltigung ist sich nehmen, was man nicht einmal schenken kann.«

»Wie Liebe, nur umgekehrt?«

»Du bist ekelhaft! Liebe hat damit nichts zu tun.«

In der Küche roch es nach Kartoffelbrot und Kochschinken. Anna saß mir gegenüber unter einer großen Fotografie, die ihren Vater in Namibia zeigte, der helle, freundliche Rotschopf, der den Arm um fünf schwarze Kinder legte. Es gab das gleiche Foto noch einmal, nur dass seine Geliebte darauf auch abgebildet war; Anna hatte verboten, es aufzuhängen.

Die Ferien waren vorbei, morgen würde die Schule beginnen. Das flaue Gefühl im Magen machte uns stumm – ich wollte nicht mehr daran denken, schrieb spärlich gebildete Schulaufsätze, spielte Basketball und hörte Bon Jovi. Nur meinem Gedichtbuch vertraute ich, in roter Tinte geschrieben, die finstere Schlussfolgerung an. »Wissen ist Ohnmacht.«

Wohin mit der Vernunft, wenn Wissen etwas Schreckliches ist? Wohin mit Zärtlichkeit, wenn sie sich falsch anfühlt? Während Anna Gewaltträume plagten, hatte ich Erektionen. Sie ließ ihre Haare verfilzen. Zog weite Hosen an. Ich machte mehr Sport. Sie wurde wilder und ich muskulöser. Was ich an Stärke zulegte, verlor ich an seelischer Sicherheit.

Mein Lieblingsfremdwort, im Deutschunterricht diskutiert, war »Ambivalenz«. Mit ihm ließ sich Zerrissenheit, die Unsicherheit erzeugte, ins Interessante wenden oder man konnte den Begriff als Schutzschild benutzen. Ich sehnte mich nach einem Versteck, ich wollte verschwinden. Als ich gar nicht mehr zu sehen und zu spüren war, verließ Anna mich, am letzten warmen Sommerabend, für einen Abiturienten. Der hatte ein Auto und immer Zigaretten in der Tasche. Er war lustig, nicht ambivalent. Er surfte, anstatt wie ich Gedichte in schwarze Bücher zu schreiben. Er roch nach Marlboro Lights und Nordsee. Mit ihm konnte Anna versuchen, sich neu zu erfinden.

Ich musste, ohne wirklich laut zu protestieren oder gar eine Schlägerei anzufangen, den Anfang der Abiturienten-Geschichte mit ansehen, sein selbstbewusstes Auftreten, die Autoschlüssel arrogant am Finger drehend. Ich – machte einen Schritt zurück, anstatt Anna zurückzugewinnen, blieb starr und stumm.

Unter den alten Obstbäumen der Schneiders heulte ich wie das Kind, das ich nie mehr sein würde. Die ganze Welt dumm, fertig, kaputt. Es half nicht, dass Annas Vater, der den Abiturienten verabscheute, mir solidarisch die Hand auf die Schulter legte, während er dem Neuen mit rauen, unverständlichen Worten Aufgaben zuwies wie einem denkschwachen Hausmeister.

Der Abiturient wurde rot: »Sie mögen mich nicht, oder?«, krächzte er. Das nahm Annas Vater den Wind aus den Segeln – doch es war ja ohnehin egal, was er empfand, ich spielte keine Rolle mehr.

Ich malte mein Zimmer tiefblau an, ein Meer, in das ich weiße Fische setzte, die stumme weiße Luftblasen zur Decke steigen ließen. »Der Gedanke bekommt erst durch das Wort Flügel«, das stand in meinem Gedichtbuch, es galt hin und wieder für mein Schreiben, kaum je fürs Sprechen. Was ich wirklich empfand, erzählte ich nicht. Unsichtbar türmten sich Gefühlswellen auf. Längst hatten sie ihr Glitzern verloren, es waren Schuttlawinen, die Gerümpel der Vergangenheit mit sich führten, eckig, böse, gewaltsam. An meine Bauchschmerzen hatte ich mich gewöhnt und die diffuse Aufregung, die sich zu Angst steigerte, vor Fremden in der S-Bahn, vor großen Hunden, vor fast jedem Losgehen und Ankommen, hielt ich für etwas Peinliches, Ekliges, über das man schweigen sollte. Wie eine Luftblase, die nicht hochstieg, an der Oberfläche zerplatzte, sondern in meinen Bauch sackte.

Mein Freund Grischa saß auf seinem Moped, ließ den Motor aufheulen. Es war ein besonders schönes Teil von Kreidler, mit einer langen Sitzbank aus schwarzem Leder.

Ich sprang hinten auf. Wir fuhren los, das röhrende Geräusch des Zweitakters hallte durch den Vorstadtabend. Über eine dunkle, kaum beleuchtete Straße, dann links am Bahndamm auf den Waldweg. Grischa fuhr so schnell es ging. Er war immer noch schmal wie ein Kind, immer noch furchtlos und waghalsig. Während der Fahrt, wir trugen keine Helme, hielt ich mich an seinen Schultern fest und erzählte von der Sache mit Anna, dass sie mich verlassen hatte für einen anderen. Mein Freund hatte die Beziehung nur aus der Ferne begleitet, wusste schon, dass Liebe und Sex zum Erwachsenwerden gehörten, doch waren das für ihn noch Mysterien. Er hörte mir zu, mit zusammengepressten Lippen, nickte hin und wieder. Dabei lenkte er das Moped in vollem Tempo über den schlammigen Weg, dessen Ränder von dem einzigen zentralen Scheinwerfer kaum erfasst wurden. Links und rechts schwarze Baumkonturen. Der Geruch des nahen Moores wehte uns an.

»Willst du nicht ein bisschen langsamer fahren?«, meinte ich.

»Geht leider nicht«, sagte er. Mein Kopf war dicht neben seinem, ich sah, wie seine Mundwinkel nach oben gingen. Er grinste. Ich ließ mich davon anstecken, wie früher. Wir wollten uns eigentlich nur um die Ecke mit Freunden im Park treffen zum Biertrinken, Grischa aber bestand auf dieser Extrarunde. Wir waren so schnell, so lässig, unantastbar, für ein paar Minuten.

Am Ende des Weges eine gigantische Matschpfütze, die er mangels Licht zu spät sah. In vollem Tempo fuhr er hinein, die Reifen verloren die Bodenhaftung und das Moped flog einen kurzen himmlischen Moment durch die Luft, legte sich sachte auf die Seite. Dann rutschten wir durch den Schlamm, prallten mit dem Vorderrad gegen einen Baumstumpf. Grischa gab immer noch Gas, das Hinterrad grub sich seitlich in den Boden.

Wir lachten uns kaputt, als wir mühsam unter dem Moped hervorkamen und es aufrichteten. Alles komplett verdreckt. Der Motor lief noch, es war nichts defekt. Als wir matschtropfend bei den Freunden im Park ankamen, winselten wir nur noch tonlos. Sie leuchteten uns mit einer Taschenlampe an. Einer sagte: »Grischas Hand blutet.«

»Keine Angst, die Bierflaschen sind heil«, antwortete der, schwer Luft holend.

Die erste Flasche, so die Regel, musste auf Ex getrunken werden. Danach ging es mir schlecht, ich übergab mich, wie fast immer. Während der Kotzegeschmack verflog, entfaltete sich der chemische Zauber. Ich fühlte mich, als hätte mir jemand flüssiges Licht in den Kopf geschüttet. Alles wurde heller, schöner, lustiger. Unter den fragwürdigen Freunden war auch ein Mädchen. Wir knutschten hinter einem Baum, mit Zigaretten und Bier gemischt schmeckten alle Frauen gleich, so wollte ich es empfinden. Sie griff mir zwischen die Beine, berührte meine Erektion. Ich spürte ihre Lippen an meinem Gesicht, sie schnaubte kurz durch die Nase. Mehr passierte nicht, sie ging jemand anderen küssen. Das gefiel mir.

Ich musste nicht hübsch sein, nichts fühlen, keinen Sex haben. Ich konnte einfach in schmutzigen Klamotten in der dunklen Nacht rumstehen und Spaß haben. Und saufen. Während die anderen ihre Geschichten erzählten, wem sie wann in welcher Umkleide die Unterhose geklaut hatten, versank ich in Fantasiewelten. Ich stellte mir vor, wer ich alles sein, was ich alles machen könnte. Um die Welt reisen, Millionär werden oder Popstar. Ein berühmter Schriftsteller zumindest.

Auf dem Rückweg, wir fuhren viel langsamer, weil wirklich besoffen, sang Grischa ein Lied von den Ärzten. »Du liebst ihn nur, weil er ein Auto hat und nicht wie ich ein klappriges Damenrad …«

Mir war übel, es ging mir gut. Man konnte Liebeskummer einfach wegsaufen, eine beruhigende Erkenntnis.

Als ich ein paar Wochen später morgens in den Spiegel blickte, hatte ich immer noch keinen nennenswerten Bart.

Doch meine Wangen schienen hagerer, zwei feine Falten liefen von der Nase zum Kinn. Ich sah männlicher aus. Ach, so geht das, dachte ich, man muss unglücklich sein und dann wird man zum Mann.

Kurz darauf, ich war siebzehn, beschloss ich, ein halbes Jahr nach Südafrika zu gehen, um Englisch zu lernen. Auf dem Schulhof sah ich Anna manchmal aus der Ferne, ihr blondes Haar, ihr großes Lachen. Es versetzte mir jedes Mal einen Stich. Ich konnte es kaum erwarten, wegzufahren.

Mama erlaubte es mir, wie fast alles. Gleichzeitig schienen weder meine teils sehr guten schulischen Leistungen zu ihr durchzudringen noch meine unbeholfenen Berührungen. Als ich sie am Flughafen umarmte, bevor ich sie ein halbes Jahr nicht sehen würde, waren ihre Schultern fest, angespannt. Ich glaubte zu spüren, dass sie lieber jemand anderes in den Arm genommen hätte. Oder niemanden.

Afrika von oben, für mich ein Wunder. Es gab Filme und Fernsehen, opulente Bildbände und immer mehr Reisemagazine mit ihren Bilderstrecken, doch die lockeren Wolkenschichten unter dem Flugzeug, dann die Wüste, ein nicht enden wollendes rot-gelbes Muster, so etwas hatte ich noch nie gesehen. Es entschädigte mich sogar dafür, dass mir beim Start das Herz bis zum Hals schlug.

Ich war so weit von der Erde entfernt, dass ich mich in sie hineinträumen konnte. Ich hatte André Brinks *Im Gegenteil*, Laurens van der Posts *Flamingofeder* und Hemingways *Die grünen Hügel von Afrika* gelesen, hatte historische Figuren und Naturlandschaften im Kopf, die ich auf dem Flug, aus höchster Höhe, auf den Kontinent projizieren konnte – auch wenn es sie so nicht mehr gab, das wurde mir schnell klar. In Johannesburg zwischengelandet, einem grauen Moloch, sah ich über der Stadt eine schwärzliche Smogschicht. Und in Kapstadt, meiner vorläufigen Heimat, zwischen zwei Ozeanen am Meer, ging es um Gerechtigkeit, Gewalt, Verbrechen, Sicherheit, Löhne, Müll. Und vor allem um Rassismus.

Ich kam bei einer britischstämmigen Familie unter, deren kleiner Garten hinter dem Haus von zwei Meter hohen, mit Glasscherben bewehrten Mauern umgeben war. Überall das Gebell scharfer Hunde. Es gab kein Grundstück in der kleinen Straße, wo nicht vorn am gesicherten Gartentor ein Schild hing, das überdeutlich auf Schutz durch Wachhunde, Alarmanlagen oder Sicherheitsfirmen hinwies. Fasziniert fotografierte ich sie. »Beware of the dog« oder burisch »Pasop!« erklärte sich meist von selbst, weil dazu ein furchterregender Hund abgebildet war. Das seltenere »Armed Response« musste ich im Wörterbuch nachschlagen. Es bedeutete, dass ein potenzieller Einbrecher mit einem »bewaffneten Gegenschlag« zu rechnen hatte.

Ich trug die rot-graue Schuluniform meiner High School. Das Schulbrot aus Toast mit Cheddar und Mango Chutney schmeckte mir nicht.

»I can make my own bread for school«, sagte ich nach ein paar Tagen zu der Gastmutter, einer bekennenden Christin, die das Abendgebet so innig sprach, wie ich es noch nie gehört hatte. Sie redete mit Gott wie mit einer Person, die vor ihr saß.

Jetzt korrigierte sie mein Englisch: »I very much doubt that you can make your own bread, young man. You meant to say, you can *fix your own lunch*«.

»Yes, I can fix it!«

Sie schmunzelte.

»Can I play rugby in School?«, fragte ich.

»You really shouldn't, dear«, sagte sie, »it's not only brutal, it's tremendously complicated. And please, if you take the metro, only use the first class.«

In Hamburg war ich auf der Reeperbahn gewesen und in ein paar anderen zwielichtigen Ecken, wo man besser ab und an über die Schulter schaute. Aber hier in Kapstadt wurde täglich diskutiert, ob etwas »safe« war oder nicht. Ein Junge aus meiner Stufe, weiß und pickelig, stammte aus einer Burenfamilie, was man an seinem Englisch merkte. Er sagte zu allem, was er gut fand, »lekker«, hatte einen anderen Akzent als meine Gastfamilie. Er klärte mich ein paar Tage später auf, als er mich davon abhielt, auf dem Heimweg von der Schule in die dritte Klasse der Bahn zu steigen. Ich müsse vorsichtig sein, warnte er, dass mir die »kaffirs« nicht meine Sachen klauten, das würde in der dritten Klasse ständig passieren.

»Who are those kaffirs?«, fragte ich.

»Black people«, antwortet er. Er dachte einen Augenblick nach und fügte dann hinzu: »Not all of them.«

Erst seit vier Jahren, seit 1994, das wusste ich, war die Apartheid, die Trennung zwischen Weißen und Schwarzen aufgehoben, zumindest auf dem Papier. In Wirklichkeit lebten die meisten Schwarzen immer noch in krasser Armut. Sie packten im Supermarkt die Einkäufe in Tüten, gärtnerten, reinigten Pools, arbeiteten als Busfahrer, lebten auf der Straße oder in ärmlichen Behausungen. In einem Stadtteil namens Khayelitsha, dem größten Township Südafrikas, wohnten ungefähr 1,7 Millionen Menschen – zumeist in Hütten aus Wellblech. Das waren so viele Einwohner, wie die gesamte Stadt Hamburg hatte. Ich konnte mir das nicht vorstellen und wollte unbedingt hin. Scham wegen meines Voyeurismus verspürte ich nicht, ich kam mir wie ein Forscher vor, der die Wirklichkeit erkundet. Vor allem empfand ich es als unangenehm, ständig vor Gefahren gewarnt zu werden, die ich nicht sehen konnte. Die Slums, die bösen Schwarzen, die bewaffneten Räuber. Die schwarzen Südafrikaner, die ich auf der Straße traf oder die auf meine High School gingen, kamen mir ungefährlich vor. Doch innerhalb der beklemmenden Mauern des Grundstücks zuckte ich jedes Mal zusammen, wenn wieder ein Hund kläffte, ein Fehlalarm ausgelöst wurde – die totale Klaustrophobie.

Als ich meine Gastmutter fragte, ob ich nach Khayelitsha fahren dürfe, verzog sich ihr Gesicht. Doch dann nahm sie mich mit zu ihrer Kirche, vor der ein Gärtner den Rasen mähte. Er kam aus Khayelitsha, sie vertraute ihm. Ob er mich eine Nacht mit zu sich nehmen könne? Er verstand nicht gleich. Sie versuchte es mit ein paar Xhosa-Brocken, einer der vielen Landessprachen.

»Yes missus«, sagte er dann.

Abends stiegen wir gemeinsam in einen der Minibusse, die in unregelmäßigen Abständen und an für mich nicht erkennbaren, unmarkierten Haltestellen die Schwarzen aus ihren Slums zum Arbeiten in die besseren Gegenden fuhren. Auf Plätzen, die normalerweise nur für neun Leute gereicht hätten, saßen fünfzehn. Als der Bus voll war, wurde die seitliche Tür aufgemacht und ein paar Männer konnten doch noch mitfahren, indem sie in der offenen Tür standen, sich am Dachgepäckträger festhielten. Weiß war nur ich. Trotzdem blickte mich niemand an. Die meisten sprachen Xhosa, eine schnelle Sprache mit vielen Knacklauten. Glücklich hörte ich zu und dachte: Das ist das echte Afrika. Khayelitsha bedeutete, das hatte mir meine Gastmutter noch erklärt, »neue Heimat« auf Xhosa.

Das Wellblech-Haus des Gärtners sah genauso aus wie tausende andere Häuser hier. Rund um die Hütten nur Sand und Gerümpel – je ein Wasserhahn und eine Toilette unter freiem Himmel für fünf oder sechs Familien. Der Gärner zeigte mir alles, ohne viel zu sagen. Er sprach fast kein Englisch. Drinnen kochte seine Frau das Essen auf einer Elektroplatte, Reis mit Huhn. Sie legte mir so viel Fleisch auf den Teller, dass ich protestierte. »Too much!«

Sie machte ein erschrockenes Gesicht. »No, no, you guest, you eat!«

Ihre beiden Töchter hockten vor mir auf dem Boden und starrten mich an. Sie gaben keinen Laut von sich, schauten einfach nur. Langsam schämte ich mich, dass ich hier war. Hatte ich nur eine gute Geschichte erleben wollen, die ich erzählen konnte, wenn ich wieder zu Hause war? Immerhin machte ich keine Fotos, obwohl es mir schwerfiel.

Einen Nachtspaziergang verbot mir der Gärtner. »Not safe«, sagte er und hob seinen langen Zeigefinger, »not safe.« Er schob die Schaumstoffmatratzen, die eben noch das Sofa gewesen waren, in den Nebenraum, wo sein Bett stand. Dort übernachtete ich, kaum schlafend, weil das Licht unentwegt brannte, eine nackte Birne an der Decke, und das Radio lief. Ich hörte weder Schüsse noch Geschrei, nur Rundfunkstimmen.

Die afrikanische Romantik meiner Vorstellung wurde zur Fata Morgana. Je näher ich kam, desto weiter war sie weg. Die rote Erde des Landes, die unendliche Weite der Ozeane und Savannen hatte ich eigentlich nur beim Drüberfliegen gespürt oder beim Lesen meiner Abenteuerbücher. Und obwohl das südafrikanische Licht phänomenal war, eine nie zuvor gesehene Helligkeit über das Land legte, ging es in der Kapstädter High School nur darum, wer zu Hause MTV gucken konnte, wer »cute«, wer »rad« und wer »cool« war. Der schulische Uniformzwang hielt keinen davon ab, die anderen in Gewinner und Verlierer aufzuteilen, in Freunde und Feinde.

Abends trafen wir uns zum Saufen und zum Billard, gingen aufs »Mother«-Rave – ich pennte irgendwo in einer Sitzecke ein, kapierte Techno überhaupt nicht und wurde erst von der Putzkolonne geweckt. Ich schmierte mir Gel in die Haare, bis sie bröselten, kaufte mir eine Halskette mit Haifischzahn und war froh über den dicken amerikanischen weißen Pulli mit dem Nike-Zeichen, ein Geschenk meines Bruders. Dahinter konnte ich meine Waldorfherkunft verstecken. Ich schrieb weiter in mein Gedichtbuch, träumte von Worten und Wissen, doch im Grunde hungerte ich einfach nach Fotos, die ich als Beweis mit nach Hause bringen konnte. Beweis wofür? Für ein aufregendes Leben! Ich würde sie meinen Freunden zeigen. Und vielleicht Anna …

Foto: das schönste Mädchen aus meiner Stufe vor dem Hardrock-Café in Capetown.

Foto: ich kiffend auf dem Table Mountain, der wie ein riesenhafter Tisch über der Stadt thront.

Foto: Pinguine und Affen.

Foto: Papagei auf meiner Schulter.

Foto: ich umarme Mitschülerinnen, ihre weißen Zähne blitzen.

Eine Tour durch Südafrika, Namibia, Botswana und Sambia versprach noch mehr Fotos. Zusammen mit einem Haufen durchgeknallter Touristen, weitaus älter als ich, buchte ich diesen sogenannten Overland-Trip, was uns unter die Gesetze des Reiseführers Chops zwang. Er hatte sie auf der Rückwand seines zum Safari-Reisebus umgebauten Armee-Lastwagens verewigt. Paragraf vier und fünf: »Cold beer should always be provided for me! / Girls don't have the right to turn me down!«

Den ersten Satz verstand ich. Als Kind vom Land war es für mich gut nachvollziehbar, dass der Fahrer hin und wieder ein Bier brauchte. Der andere Satz hingegen ergab keinen Sinn. Was »turn me down« bedeute, fragte ich den kahlrasierten Engländer, der neben mir in dem Reisebus Platz genommen hatte. Er grinste dreckig, seine Zähne standen in alle Richtungen.

»If he wants to have sex with a girl, they can't say no«, erklärte er. Als er meinen erschrockenen Gesichtsausdruck sah: »Man, its a joke.«

Ich sehnte mich nach Natur, sah nur Ärsche und Fratzen der Touristen. Sie laberten ununterbrochen, umarmten und zofften sich, soffen jede Nacht am Lagerfeuer. Ich zog mich oft in mein Zelt zurück und las im Schein der Taschenlampe. Wir sahen keine Krokodile, aber einen südafrikanischen

Nazi, der Hitler verehrte; ich fotografierte die Straßennamen im namibischen Swakopmund, weil sie aus Kolonialzeiten nach preußischen Generälen oder dem deutschen Kaiser benannt waren; ich verliebte mich bei den Victoria-Wasserfällen, Foto fehlt, in eine blonde Frau, die aussah wie Kim Basinger. Während Chops so besoffen war, dass er ein Stück von einem Whiskeyglas abbiss und darauf kaute – ein Blutschwall rann aus seinem Mund, er konnte zwei Tage nicht mehr sprechen –, taumelte ich kaum weniger betrunken vor der Bar auf eine schattige Wiese, zusammen mit Kim Basinger. Unter einem Baum blieben wir stehen, sie ging vor mir auf die Knie. Sie schob ihren Rock hoch, griff sich zwischen die Beine. Sie zog meine kurze Hose ein Stück runter. Während ich ihre Locken unter meinen Fingern spürte, wuchs ich zu dem Baum in die Höhe.

»Hallo, Baum«, flüsterte ich.

»Shut up«, antwortete er.

Nur einmal öffnete die Natur meine Seele: an den Ufern des Orange River schliefen wir unter freiem Himmel im Sand. Keine Stadt weit und breit, kein Licht heller als unser Lagerfeuer. In dieser klaren Nacht sah man den ganzen Sternenhimmel der Südhalbkugel. Er war so hell, zum Greifen nah. Ich dachte an meinen Großvater, den Kapitän, schon als Jugendlicher um Kap Hoorn gesegelt. Der Wind, hatte er mir erzählt, sei dort so stark gewesen, dass jedes gespannte Seil auf dem Segelschiff einen eigenen Ton von sich gab. Solche Abenteuer hatte ich zwar nicht erlebt, aber in dieser Nacht war ich glücklich, weil ich wenigstens das Kreuz des Südens gesehen hatte – vergleichbar mit dem Nordstern. Ich dachte an eine

Gedichtzeile aus einem der wenigen gelungenen Gedichte, vor ungefähr einem Jahr für Anna geschrieben.

»Lass den Mond voll werden
Über den Furchen unserer Gesichter
Und liebe mich
In Nähe der Sterne.«

Ansonsten pendelte ich auf der Reise zwischen Sehnsucht und Biersaufen, Langeweile und Action. Der Alkohol verband mich mit Hemingway, dessen *Fiesta* das erste Buch, das ich ganz auf Englisch las. Es wirkte noch geheimnisvoller, weil ich nur die Hälfte verstand. In jedem Fall war Hemingway ein Über-Mann und Über-Vater – eine Biografie hieß gleich *Papa Hemingway*. Doch in seinen Geschichten herrscht die größte Verlorenheit, die man sich vorstellen kann. Ein Anrennen gegen wilde Stiere aus Staub. Ein sinnloser Heroismus, die hauchdünne Fassade der Stärke.

Bei den stundenlangen Busfahrten, wenn kein Buch vor der Nase, döste ich aus dem Fenster. Ich sah Wüsten und Savannen vorbeiziehen, Müllhalden, arme Schwarze, bettelnde Kinder an heißen Tankstellen. Himmelblau und Wüstengelb hämmerten sich in mein Hirn, aber ich konnte nichts berühren. Ich dachte an Anna, auch abends, wenn ich mir im Zelt einen runterholte – auch sie konnte ich nicht anfassen. Ich hatte kein Talent dafür, mich treiben zu lassen, ich wollte wissen, wo ich stand, was ich gelernt hatte. Immerhin, ich konnte nun viel besser Englisch, wusste neue lebenswichtige Wörter und Wendungen. »Sky« ist für Wetter, Wolken, Flugzeuge; »heaven« für Götter und Seelen und Engel – im Deutschen gibt es nur ein Wort, das beides meint.

»I am not laughing *at* you, I am laughing *with* you«, ahhh, Präpositionen!

»Pissed«, was gleichzeitig sauer und betrunken meint.

»Have you been drinking«, wichtige Zeitform.

Zum Abschied ging ich mit meiner Gastfamilie ins Kino, *City of Angels*, in einer Kapstädter Mall. Der Engel Nicolas Cage verliebt sich in die Menschenfrau Meg Ryan, kommt für sie auf die Erde, kann jetzt fühlen, ist dafür aber sterblich. Der Film kam mir vertraut vor, zog mich wie magisch an. Erst kurz vor dem Ende fiel mir auf, warum. Es war eine Art Remake von *Himmel über Berlin*, dem Film, den meine Eltern an dem Abend geschaut hatten, bevor Papa überfahren wurde. Das war so lange her, dachte ich, als hätte ich Distanz dazu. Dabei war mir die Sehnsucht nach etwas, das man nie mehr haben kann, längst in Fleisch und Blut übergegangen. Die kurze Traurigkeit, die der kitschige Film auslöste, floss einfach in mein dunkles Gefühlsmeer.

Als ich nach dem langen Flug in Hamburg landete, klapperten metallene Armreifen an meinen Handgelenken, als wäre ich ein Surfer. Die Haifischzahn-Kette blitzte durchs Hemd, drei Knöpfe geöffnet. Meine männlichen Gesichtszüge verwaschen, weil zu viel Fast Food und Alkohol. Doch Anna, die gleich am Abend zu mir kam, fiel mir gleich um den Hals, küsste mich. Ich hatte mich so nach ihrem Körper gesehnt, vielleicht auch nur nach Sex mit irgendjemandem, dass ich gleich mit ihr ins Bett ging. Ein großes Thema für mich, warum gibt es einen Unterschied zwischen Liebe und Sex?

Damit plagte ich mich herum, doch nicht jetzt, jetzt war ich nackt und erregt.

»Nimm mich von hinten«, stöhnte sie. Ich hatte vergessen, wie offen wir miteinander gewesen waren, wie sehr sie mir zeigen konnte, dass sie mich begehrte. Ihre Lust wie warmer Regen. Und dann, während wir es machten, stöhnte sie: »Oh ja, so gehört es, so gehört es ...«

Wir waren wieder ein Paar. Ohne viel über das zu sprechen, was uns getrennt hatte, die Gewalt, die Todestiefen, die Öde. Wir taten, als sei das alles nicht geschehen, oder anders, bereits wie magisch verarbeitet und aufgelöst. Sie wollte mich wiederhaben und ich sie. Alles schien gut. Ich wusste da noch nicht, dass meine Liebe längst von innen nach außen gestülpt worden war, nur noch Befriedigung und Rache suchte. Ich war nicht mehr der neugierige Junge, den Anna kennengelernt hatte, der Vogelbeobachter, der Träumer. Ich war ein junger Mann, ich dachte über meinen Vorteil nach, ich lauerte, taktierte. Ich konnte fast jedem etwas vormachen, versteckte meine Niederlagen, meine Dummheiten und Ängste.

Ich wurde immer besser in der Schule, während Anna kaum mehr Lust aufs Lernen hatte. In der Schulaula las ich meine ersten Kurzgeschichten vor; ein Junge, der ein paar Klassen über mir war, rief mir danach zu: »Komm mal bei mir vorbei, dann zeige ich dir ein paar wirklich gute Storys«, aber ich zuckte nur mit den Achseln.

Als Theaterstück in der zwölften Klasse schrieb ich mit einer Gruppe von Schulkameraden ein eigenes Drama, ein »Medienstück«, wie wir es nannten, eine TV- und Gameshow-Kritik, eine Travestie des Theaterstücks *Die Bakchen* von Euripides. Nach der Aufführung soffen Grischa und ich das erste Mal in unserem Leben eine Nacht durch, saßen dann am mittäglichen Küchentisch der Oma. Als sie unseren Zustand bemerkte, schüttelte sie den Kopf und verzog sich in die Stube vor den Fernseher. Der Großvater musterte uns grinsend.

»Wir haben damals auch manchmal die Nacht durchgesoffen, wenn wir aus dem Heimaturlaub wieder zurück an die Front mussten«, erzählte er. »Unsere Köpfe dröhnten und wir mussten uns übergeben, aber dafür waren wir abgelenkt von dem Gedanken, wieder in den Krieg zu müssen.«

Ich vergaß seine Worte nie. Warum soff ich so viel, ich musste doch gar nicht an die Front?

Hackedicht fuhr ich kurz darauf nach einer Party mit dem gerade neu gekauften Auto meiner Mutter nach Hause, lenkte auf einem Schotterweg mit hoher Geschwindigkeit im Takt zur Musik, rechts, links, rechts, links, bis das Heck ausbrach. Das Auto drehte sich um die eigene Achse und donnerte in den Graben. Totalschaden. Der dumpfe Schlag im Kopf fühlte sich wie der Beat zum Soundtrack des Sommers an, der immer noch im Radio lief.

»Der Style aus Hamburg-Beach / der ist sweet, sweet, sweet.«

Mein Kopf dröhnte, ich war wieder nüchtern. Ich lief an den Feldern entlang nach Hause, weckte meine Mutter und meinen Bruder, der den Abschleppdienst anrief und dirigierte.

»Da hätte etwas Furchtbares passieren können«, schimpfte Mama, sehr erleichtert, dass es mir so weit gut ging. Sie machte mir keinen Vorwurf, obwohl ich gerade viele Tausend Mark in den Sand gesetzt hatte.

In diesen Monaten war ich entweder besoffen oder ich schrieb, beides zusammen ging nicht. Ich fühlte mich wie ein genialer Schriftsteller – währenddessen sehnte sich Anna nach spiritueller Erkenntnis. Statt den drastischen saftigen Irving las sie Hermann Hesses *Siddharta*. Ich hasste dieses Buch.

»Alles fließt, auch Pisse«, kommentierte ich. Sie legte nur mitleidig den Kopf schief.

Wir waren wieder zusammengekommen, weil wir uns nach Ganzheit sehnten. Jetzt spürte ich, dass das Kaputte überwog. Goethe hatte in seinem Theaterstück *Faust II*, das ich liebte, gleich zu Beginn einen Moment beschrieben: Faust schläft und übersinnliche Wesen helfen ihm, zu vergessen, dass er Gretchen zuvor ins Verderben gerissen hat. Diesen süßen Schlaf des Vergessens, der Tod und Schmerz überwindet, gab es für uns nicht. Schon kurz nach unserer heißen Wiedervereinigung betrog ich Anna; wir stritten und langweilten uns. Unsere Nähe wurde alltäglich. Doch als ich ernst machte und sie verließ, weinte sie so sehr, dass ich es kaum aushielt. Sie brüllte das ganze Haus zusammen, weder ihr Vater noch ihre Schwester konnten sie beruhigen und auch nicht die zu Hilfe gerufene Freundin. Es war, als läge die gesamte Trauer der vergangenen Jahre in ihrem Ausbruch, als weinte sie für mich mit, den schocksteifen Jungen, den sie damals verlassen hatte. Um nicht von dieser Flut weggespült zu werden, verurteilte ich ihr Verhalten als affektiert und wiederholte in einem fort: »Es bringt doch nichts zu weinen, das bringt doch alles nichts.«

Wenige Monate später traf Anna einen neuen Mann. Sie machten eine Reise nach Südamerika, kurz darauf heirateten sie, Anna schon mit dickem Bauch. Ich zog währenddessen nach Berlin, Germanistik studieren. Ohne jede Ironie dachte ich, dass ich in meiner Kindheit und Jugend alles erlebt hatte, was man auf dieser Welt erleben kann. Ich fühlte mich uralt. Ein resignierter Dichter, der am liebsten einen Popsong geschrieben hätte, nur wie, nur wie?

»Steck mir den Lutscher in den Mund
Streich mir die Stirn glatt rede doch
Sprich doch mit mir umarme mich
Damit dein Tag an meinen plätschert
Flach und süß.«

IV.
ERWACHSEN WERDEN

Ich hätte heulen können, als ich in Berlin ankam. Die Idee, Resignation im Studium durch Wissen zu ersetzen, ein gelehrter Poet zu werden, so hübsch wie ungreifbar. Sie ließ mich losmarschieren, aber trug nicht weit. Nagende Sinnlosigkeit. Ein Teil von mir hatte nicht wegziehen wollen, sah keine zu erobernde Welt, wollte nur immer weiter in unserem großen bröckelnden Haus wohnen, wo die Zweige an die Fenster klopften und aus dem Keller die gläubigen Gesänge meiner Mutter drangen. »Herr, erleuchte meine Augen, dass ich nicht im Tod entschlafe.«

Grischa und andere Freunde, die mich nach Berlin gebracht hatten, waren schon wieder weg und mit ihnen das kindliche Empfinden, vielleicht nicht im Glück zu baden, doch am Anfang von etwas zu stehen. Jetzt ist meine Jugend zu Ende, das fühlte ich, während wir zum Abschied Bier tranken, uns auf die Schulter klopften und Worthülsen in die Regenluft feuerten. Grischas Kreidler war einem ausgebauten VW-Bus gewichen, der mein Zeug nach Berlin geschafft hatte. Als der Bus hupend anfuhr, zurück Richtung Hamburg, war ich ihm kurz hinterhergerannt, wie man es als Junge gemacht hatte. Die Angst in mir eine graue See, sie dehnte sich mit meinen Gedanken aus, zog sich mit dem Einatmen zusammen, halb Psyche, halb Organ. Ich hätte meinen Freunden nie sagen können, dass ich sie vermisse.

Ich würgte die Tränen runter, fand Argumente gegen das Gefühlsmeer. Berlin ist die beste Stadt der Welt, es ist so aufregend hier, alle Frauen sind cool und der Wodka wächst auf den Bäumen. Du kannst hier sein, wer und was du willst! So redete ich in meine Einsamkeit, bis ich einschlief, in der neuen Wohnung, diesem dunklen Raum, in dem ein undefinierbarer Geruch herrschte. War es der Oktoberregen, der unerbittlich in den Innenhof pladderte, seit dem Mittag schon, ein endloses kühles Fließen, das jetzt wie schwarzes Pech aussah? Es war nicht der Regen. Es war der Geruch von Leere. Und der Kohleofen.

Die weiten leeren Straßen, das fahle Braun des Prenzlauer Bergs wurden von Rauch- und Feuer-Geruch bestimmt – bei meiner ersten Wohnungsbesichtigung hatte ich herausgefunden, warum. Die Leute heizten noch mit Kohle. Dazu gab es die passenden Brennstofflieferanten, einer vergangenen Zeit entsprungen. Sie fuhren alte Schrottkarren mit Ladefläche, es hätten Pferdekutschen sein können, und wuchteten Kohlesäcke in die Keller.

Ich besorgte mir als Erstes so eine Ladung. Dann verteilte ich in meiner Wohnung: einen alten Gartentisch, der als Küchentisch diente. Mein Bett. Ein bläulich fleckiges Sofa, das auf der linken Seite nach unten hing. Vier Klappstühle. Einen Teppich aus dem Baumarkt, weniger als achtzig Zentimeter lang. Meine Bücher, es waren wenige, legte ich auf den

Boden neben dem Teppich. Ich hatte nicht vor, hier viel Zeit zu verbringen.

Wenn die Berliner Straßen nicht romantisch wirkten, nicht ihre Historien hinhauchten, waren sie grau. Und einsam. In acht Minuten, an der Ecke Danziger/Greifswalder im Prenzlauer Berg, liefen fünfzig Menschen in Sichtweite an mir vorbei, ich zählte mit. Keiner schaute mich an.

Ich trug entweder Militärstiefel oder Badelatschen, meine Hose war mehr Loch als Stoff, ich ließ mir einen modischen Iro schneiden: nichts, kein Blick. Ich fuhr mit der Tram nach Friedrichshain, übte dort Handstand auf der Oberbaumbrücke, unter diesen hübschen rot-gemauerten Bögen, wo ich immer an Russland denken musste, warum auch immer. Ein Penner aus einem der Brückenbögen: »Haste mal ne Mark?«

»Ich kann mir gerade schlecht in die Hosentasche greifen«, antwortete ich, während mein Kopf immer heißer und röter wurde, »und außerdem heißt das jetzt Euro.«

»Nicht mein Problem«, sagte der Penner.

Meine Gedanken und Traumwelten halfen mir über die Einsamkeit hinweg und ich gewöhnte mich ein bisschen an die Großstadt, damals eine ziemlich gemütliche Variante, weil leer und billig. Berlin bildete einen schützenden Puffer und meine Vergangenheit, unermesslich erlebnisreich, wie ich fand, schien endlich in die Ferne zu rücken. Doch bei lautem Getrampel im Treppenhaus zuckte ich zusammen, und wenn die Wolken, was oft vorkam, allzu dunkelgrau und tief über der Stadt hingen, erfasste mich ängstliche Nervosität. Immer noch, wie schon in Kinder- und Jugendzeiten, überfiel mich Aufregung, wenn ich das Haus verlassen musste oder kurz bevor ich irgendwo ankam.

Aus meiner Küche, wo ich versuchte, einen Roman über einen Jungen zu schreiben, dessen Vater Pornoregisseur war – Bon jour, *Ausweitung der Kampfzone* –, sah ich Obdachlose, die Mülltonnen im Hof nach Brauchbarem durchkämmten. Ich hatte kaum Geld, suchte einen Job. Ich wollte in einer Geisterbahn beim Anhalter Bahnhof Erschrecker werden, realisierte dann aber, dass ich dann ja die ganze Zeit im Dunklen stehen musste; ich verkaufte keine einzige Lebensversicherung an dem Stand, den ein findiges Arschloch in der Kinderabteilung einer Karstadt-Filiale aufgebaut hatte, direkt neben dem Harry-Potter-Zeugs; ich traf mich mit einer Frau, die männliche Escorts vermittelte – sie habe einen hellroten Regenschirm dabei, das und die Adresse eines Cafés am Ku'damm sagte sie mir am Telefon.

Die Frau mit dem Regenschirm nannte sich Tatjana, siezen müsse ich sie trotzdem. Sie musterte mich von oben bis unten, als ich an ihren Marmortisch trat. Sie zündete sich eine Zigarette an, damals durfte man fast überall rauchen, auch in der Uni, wo ich mich bis dahin hauptsächlich aufgehalten hatte. Zumindest auf den Fluren. Jetzt stand ich hier vor ihr, Standbein, Spielbein. Ich kaute auf der Unterlippe, verschränkte die Arme vor der Brust.

»Aha, na ja, können Sie auch natürlich sein?«, fragte Tatjana.

Meine Antwort mit brüchiger Stimme: »Ich war auf einer Waldorfschule …«

Tatjana drückte ihre Zigarette aus. Sie winkte dem Kellner, um den Kaffee zu bezahlen. »Dieser Herr da hat kein Geld«, meinte sie zu ihm, als würde sie meinen Hunger sehen. Ihr weißer Zeigefinger deutete auf mich, wurde immer länger, landete unter meinem Kinn.

Der Kellner schaute schamlos zu. »Hübsche Wangenknochen«, sagte er, während Tatjana mich mit grüblerischem Blick durchbohrte. Sie sah, dass ich rot geworden war. Sie spürte, dass ich mein Kinn am liebsten hätte wegziehen wollen. Ich hielt durch, machte dabei jedoch keine gute Figur. Als der Kellner gegangen war: »Sie kommen jetzt mit zu mir.«

Schwere Biedermeiermöbel, federnde Teppiche auf knarzenden Dielen, dazu ein perverser Touch, das war Tatjanas Wohnung. Kopulierende Porzellanfiguren, eine große Muschi-Fotografie; Sexspielzeug auf der Anrichte. Bevor ich meine Jacke ablegen konnte, setzte Tatjana sich auf eine schwarze Ottomane und spreizte die Beine. Ihr Rock rutschte über die Netzstrümpfe, ich blickte sofort zu Boden, ein Zischlaut aus ihrem Mund ließ mich wissen, dass das nicht okay war. Ich schaute zu, wie sie ihren Slip beiseiteschob – ich erinnere mich beim besten Willen nicht mehr an die Farbe – und dann strich sie sanft über ihre dunklen Schamhaare, gestutzt, aber nicht rasiert. Sie öffnete ihre Schamlippen, das sah toll aus, doch ich war zu diesem Zeitpunkt so verwirrt, verschämt, dass wahrscheinlich selbst meine Füße erröteten.

»Erzählen Sie mir von Ihren Eltern«, sagte Tatjana, während sie mit flüssigen Bewegungen ihre Klitoris massierte, ganz verträumt, als sei dieser Nervenpunkt, um den unsere Welt sich drehte, nicht viel mehr als ein ermüdetes Handgelenk, eine winzige Narbe, ein Mückenstich.

»Mein Vater war Lehrer an der Waldorfschule, bis er dann …«

Sie schaute mich an und machte weiter mit ihren Fingern. »Und Ihre Mutter«, fragte sie.

»Meine Mutter wohnt in einem dunklen Wald«, begann

ich – an dieser oder einer ähnlichen Stelle stoppte die Fantasie in meinem Kopf. Nichts davon war passiert, ich war viel zu feige, um auf die Escort-Annonce zu antworten, obwohl ich es mehrmals probierte, mit Tatjanas Nummer in der Hand ums Telefon schlich. Es war an die Wand meiner Küche montiert, mintgrün, die Vormieterin hatte es dagelassen.

In meiner Vorstellung gehörte mir die gesamte Stadt. In der Wirklichkeit kaufte ich Brot, legte Käse drauf. Sechs Dosenbier, drei Äpfel, zwei Tiefkühlpizzen, deren Teig nach Sägespänen schmeckte. Ich redete kaum ein Wort.

Alle in der Stadt waren entweder cooler als ich oder gehörten mehr hierher. Irgendwann bekam ich einen kleinen Job, Promotion für Handy-Verträge bei Hertha-Spielen im Olympiastadion. Ich datete meine erste Berlinerin, schlagfertig und schlau, die »Mültsch« statt »Milch« sagte. Ich in roter Trainingsjacke mit fettigen halblangen Haaren. Sie hübsch gelockt und gähnend. Ich langweilte sie zu Tode, weil ich keine Konversation machen konnte. Bei mir gab es nur totale Tiefe oder Schweigen, Lächeln, Erstarren. In der Prosa, die ich zu schreiben versuchte, war alles Sex, Dunkelheit, Brutalität, Niederlage. Ich schrieb über vernachlässigte Kinder, die zu viel Pornos schauen, und Superhelden, die tödlich versagen. Als ich meiner Mutter ein paar der Versuche vorgelesen hatte, schwieg sie lange. Dann fragte sie: »Warum kotzen eigentlich in deinen Geschichten immer alle?«

»Weil sie zu viel saufen«, antwortete ich.

Meine wichtigste Geschichte zeigte ich ihr nicht und auch sonst niemandem. Ich schrieb sie 2002 nach einem Sommerorkan. Bevor der Sturm kam, auch währenddessen und danach, hatte ich einen Kloß im Hals. Wie Blei drückte die Schwüle auf meinen Schädel, meine innere Unruhe, an die ich mich nie gewöhnen würde, war stärker als sonst. Mit Entsetzen hörte ich im Radio, dass der Sturm in Berlin und Umgebung wie aus dem Nichts sieben Tote gefordert hatte. Ich schrieb sofort los, zum ersten Mal verfasste ich eine Geschichte fast in einem Zug: »Tags lag die Luft wie ein zähes Netz in den Straßen, man verfing sich darin. Nichts fuhr. An den Haltestellen drängten sich Passanten unter die schmalen Metalldächer.

In meiner Wohnung sirrten Fliegen an der Zimmerdecke direkt neben dem geöffneten Fenster, schon seit der letzten Nacht.

Ich will von einem Wind erzählen, der einen Mann ergriff und vor ein Auto schleuderte. So ein Wind ging mitten im Sommer durch die Stadt.

Ich will von einem Wind erzählen, der dem Mann das Hirn zerdrückte.

Die heiße Luft band die Häuser an den äußersten Rand des Hofes, ich blickte zum anderen Ende und sah ein älteres Mädchen mit seinen Geschwistern spielen. Es waren vier, zwei Mädchen und zwei Jungen.

Dann ging ich in die Küche und erwachte viel später von einem kreischenden Surren, das aus dem Schlafzimmer drang. Kein Insekt mehr da. Draußen blitzte es.

Der Wind setzte ein.

Es war ein mörderischer Wind, der vom Himmel fiel und der zu einem trügerischen Lüftchen wurde, sobald der Regen kam.

Drüben an einem Fenster sah ich das Mädchen stehen, wenn sie mich gesehen hätte, hätte sie mir wie einem Bruder gewunken. Hinter ihr der Vater.

Die Bäume bogen sich und Blätter schleuderten durch die Luft, die Äste zerrten am Stamm und die Rinde schrie und ächzte unter einem ungeheuerlichen Druck, Wirbel von Staub peitschten unter dem Dach entlang, dann hatte der Wind seine volle Stärke erreicht.

Ich schloss das Fenster.

Bald darauf die ersten Tropfen.

Der Wind aber, der meinen Vater vor den Bus geschleudert hatte, hatte kein einziges Blatt von den Bäumen getrennt, er war vom Himmel gefallen, hatte getötet und war verschwunden.

Ich atmete ihn weiter, und atme ihn noch heute, und die Kinder spielten nach einiger Zeit wieder im Hof, und eine laue Brise ging durch ihr Haar und ab und an blickte eines sich verstohlen um oder schwieg einen Moment im Spiel.

Und eine unfassbare Unruhe ergriff mich –«

Dass meine Mutter in der Erzählung fehlte, fiel mir damals nicht auf. Ich fand die Verschachtelung meiner nagenden Unruhe in die Symbolik eines Sommersturms gelungen. Während meiner Schulzeit liebte ich das Wort »Ambivalenz«, das erste neue Fremdwort der Berlinzeit war »Sublimation«, aus einem Kommentar zu Thomas Manns Romanen. Es flüsterte mir ein, dass auch ich Lebenserfahrungen und Gefühle verarbeiten könne, indem ich sie erhöhe, zu Literatur veredle.

Durch die grauen verrauchten Flure der Humboldt-Universität. Ich warf meinen Zigarettenstummel auf den Boden, dunkelgrünes Linoleum, und ging in den Raum, in dem das

Einführungsseminar für den Studiengang Neuere deutsche Literatur stattfinden sollte. Er war vollgestopft mit Studienanfängern, hellen Gesichtern ohne Konturen. Aufgeregte Wärme stieg zur Decke, ich gähnte ausgiebig, beobachtete aus dem Augenwinkel. Teils sah man noch Federtaschen aus der Schulzeit, teils schon vollkommen abgezockte junge Frauen und Männer. Ich trug Jeans, eine an den Ärmeln ausgefranste Armeejacke und einen roten Pullover, mein bestes Outfit.

Der Dozent stand vorne vor einer leeren Tafel, ganz in Schwarz. Er strich sich mit einer Hand die Haartolle aus der Stirn und wischte mit der anderen den Schweiß ab. Seinen sächsischen Akzent suchte er zu verbergen, indem er betont frisch auftrat. Wir sollten, dozierte er, unbedingt die Grundbegriffe der Literaturwissenschaft lernen, dürften sie jedoch frei anwenden.

»Popmusik, Hip-Hop, Rap, wenn Sie mir in Ihren Referaten zeigen können, wo und warum das literarisch ist, sehr gerne!«

Ich fand mich in einer Referatsgruppe wieder, von einer blonden Schönheit zusammengestellt, die sich hübsche und lässige Studenten aussuchte. Sofort fiel mir ein schmaler, blonder Junge mit dunklen Augen auf, einen guten Kopf kleiner als ich. Er lachte ununterbrochen, er strahlte. Nach dem Seminar rauchte er auf dem Flur direkt drei Kippen hintereinanderweg, in seiner Lederjacke überall Zigarettenschachteln, von denen immer mal wieder eine auf den Boden fiel. Als wir nachmittags auf der Dachterrasse seines Hauses landeten, nur fünf Minuten von meiner Wohnung entfernt, war schnell klar, dass wir uns mochten.

»Hast du *Soloalbum* von Stucki gelesen«, fragte er mich.

»Ich fand's so mittel. Besser ist Krachts *Faserland.*«

Er strahlte noch mehr und nickte zustimmend. Er hieß Roberto.

Es verband uns sofort, dass wir im Meer der deutschen Popliteratur gleich das Beste gefunden hatten, uns mit dieser Eleganz des Nichtsagens identifizieren, wobei es kein deutschsprachiger Roman-Autor mit Michel Houellebecq aufnehmen konnte – Kehlmanns *Vermessung* kam erst später und Rainald Goetz' Bücher, die immer mehr mein Leben bestimmten, konnte man schlecht als Romane bezeichnen. Jedenfalls wurden Roberto und ich sofort Freunde, auch wenn ich ihm, des Größenunterschieds wegen, bei unseren hölzernen Umarmungen oft die Schulter ins Gesicht rammte. Ich mochte ihn, weil er fein war; er verzieh alles, wurde schnell rot, er spürte die Schwächen der anderen sofort, stellte seine eigenen Befindlichkeiten fast immer hintenan. Ich schloss ihn ins Herz weil er so klug war, vor allem aber, weil er mein Versteckspiel mitmachte: nie direkt über Gefühle sprechen, lieber witzeln, aphorismisieren, was den aufmerksamen Zuhörern, und das waren wir beide, schon andeutete, worum es ungefähr ging. Wir wurden Profis darin, jedes Gefühl wegzurauchen, noch einen halben Liter Latte Macchiato draufzukippen und dann Fußball spielen zu gehen. Unsere Uni-Mannschaft hieß Catenaccio Contras, dazu Musik von den Strokes. Wir waren wieder Kinder, mussten alles neu lernen. Was wir von früher kannten, half uns nicht in Berlin. Im Gegenteil, wir verdrängten es. Wenn jemand mich fragte, wo ich herkam, sagte ich »Hamburg«. Überhaupt war die Frage, was jemand las, wichtiger als die, wo er herkam.

Ich hatte immer schon gerne und viel gelesen, aber dass es

zu jedem denkbaren Thema ein Buch oder zumindest einen Aufsatz gab, war mir neu. Kulturtheorie, die stärkste geistige Prägung dieser Zeit, eine unendliche akademische Fundgrube. Kein Ding zu unwichtig, um ihm nicht eine Geschichte zu verpassen. Kulturgeschichte des Händchenhaltens, Kulturgeschichte der Brille, des Denkens, der Serviette, des Bildes, des Computers, des Nagellacks. Und auch die Geschichte der Geisteswissenschaft wurde aufgearbeitet. Was man damit später mal machen sollte, konnte einem niemand sagen – doch, Roberto schon: »Professor werden, natürlich!«

Meine Mutter, bei einem der sporadischen Besuche, interessierte sich für meine neuen Ideen, sie hörte mir zu, meist schweigend, leise nickend, mit großer Geduld für intellektuelle Abschweifungen. Sie saß in ihrem Lieblingssessel beim Klavier, ich auf dem Zweier-Sofa daneben – auf dem anderen Sitz stand ein mit gesammelten Muscheln gefüllter Karton. Ich las ihr meinen Lieblingssatz aus Michel Foucaults *Überwachen und Strafen* vor, man könnte auch sagen, einen der Sätze, die ich überhaupt verstand: »Zweifellos aber lässt sich ein Gedanke festhalten: dass in unseren Gesellschaften die Strafsysteme in eine bestimmte ›politische Ökonomie‹ des Körpers einzuordnen sind. Selbst wenn sie auf gewaltsame oder blutige Züchtigungen verzichten, selbst wenn sie die ›milden‹ Methoden der Einsperrung oder Besserung verwenden, geht es doch immer um den Körper – um den Körper und seine Kräfte, um deren Nützlichkeit und Gelehrigkeit, um deren Anordnung und Unterwerfung.« Meine Mutter zeigte mir im Gegenzug ein Buch des Chemie-Konzerns Schering aus den 1970ern, eine *Unkrautfibel*, die Unkräuter und die jeweils besten Vernichtungsarten auflistete. Mit diebischer Freude:

»Wenn man das Giftzeugs weglässt, ist das ein tolles Pflanzenbestimmungsbuch!« Sie liebte die als Unkraut bezeichnete »Sumpf-Kratzdistel«, die »Herbstzeitlosen« und selbst die »Gemeine Schafgarbe« heiß und innig. Wie sie da saß, mit ihrer Flatterhose, ihrem knittrigen Pulli, ihren ins Gesicht wachsenden Haaren … Zum ersten Mal sah ich sie nicht als Mutter, sondern als Mensch, der irgendwie Teil der Gesellschaft sein musste, ein Körper mit Kräften und Schwächen. Sie machte wunderschöne Fensterbilder aus Japanpapier, hatte endlose Geduld beim Schneiden, Zupfen und Falten, hatte keine Lust auf Küche, Laubharken, Steuer. Eine Künstlerin, dachte ich. Und ob ich ihr von den vier Kindern wohl am ähnlichsten war?

Manchmal ging sie mit mir in Ausstellungen, am liebsten aber in klassische Konzerte. Mama hasste Theater und Filme, wo das menschliche Drama aufgeführt wurde, sie liebte Musik, weil das Soziale in den Klängen und Tönen veredelt wurde. Mir fiel etwas auf, was ich früher kaum bemerkt hatte. Es schien ihr nämlich immens schwerzufallen, mit Fremden normal zu sprechen, beispielsweise mit Kellnern, sie zickte oder fremdelte in diesen öffentlichen oder halböffentlichen Situationen, war kaum je ausgeglichen.

Ich konnte mir keinen Reim darauf machen, weil es mir ähnlich ging, erstens, und zweitens, weil meine Mutter schwer zu durchschauen war. Weiterhin versteckte sie Gefühle hinter einem Gähnen – oder warte mal, war das nicht ich, machte ich das nicht so?

Meine Mutter schien glücklicher als früher zu sein. Sie musizierte täglich, hatte regelmäßig ihre Fensterbilder-Bastelgruppen, kümmerte sich zärtlich um die gerade geborenen

Kinder meiner ältesten Schwester, die gleich um die Ecke wohnte. Als ich sie einmal dabei beobachtete, wie sie eines der Enkelkinder umarmte, wurde mir klar, dass diese großmütterliche Zärtlichkeit, rein und naiv, zu ihr passte. Ich wollte es damals nicht wahrhaben, doch sie passte auch zu mir.

Mai 2002, knallblauer Himmel und heiß. Zum Staatsbesuch des Anti-Terror-Präsidenten George Bush junior vor der Humboldt-Universität eine Anti-Bush-Demo. Für unseren Studentenzirkel war der 11. September ein Schock gewesen, vor allem ein medialer, ungreifbar, weit entfernt. Jetzt gab uns die rechte amerikanische Politik eine Ausrede, schon mittags zu trinken, uns als Linke zu behaupten, und überhaupt, das Rumschreien tat gut.

»Lieber Bäume statt Bush!«

»Lasst uns kräftig auf den Bush klopfen!«

So dumm, so lustig! Ich erinnerte mich an meine erste Demo-Erfahrung zum Golfkrieg Anfang der 1990er, wo skandiert wurde: »Wir sind das Volk, stoppt den Krieg am Golf!«

Ich war da noch ein Kind, doch es knirschte im Gehirn. Hatte man wirklich keinen guten Reim finden können?

Trotzdem eintauchen und brüllen, ein beruhigendes Gefühl. In der Gruppe sein, sich im Schwarm bewegen: ein Angst- und Sorgenlöser. Wir zogen die T-Shirts aus, zeigten den schwarzvermummten Polizisten unsere bleichen Brustkörbe und unsere Bierdosen. Sie winkten mit Schlagstöcken. Über dem klobigen Berliner Dom, eine der hässlichsten Kirchen der Welt, flog eine Taubenschar auf, als die Ordnungshüter vorbeimarschierten – ein schwarzes Muster im Knallblau, das in einer hohen scharfen Kurve zur Uni schoss und sich dort, sanft landend, wieder in einzelne Tauben auflöste.

Das bisschen Auf-Demos-Gehen konnte nicht davon ablenken, dass Roberto und ich in Büchern lebten. Wenn er feststellte: »Die Geschichte des Wahnsinns hat keinen Anfang« oder mir den Arbeitstipp gab, »geh mal nicht von deiner Meinung aus, sondern von dem vorhandenen Material, den Quellen, den Dokumenten«, hämmerte sich mir das tiefer ins Hirn als jeder politische Schlachtruf – ich schrieb es auf Zettel, die ich an die schrottige Badezimmertür der Plattenbau-WG in Berlin-Mitte pinnte, unser neues gemeinsames Zuhause.

Im Flur standen fünfundsechzig leere Bierflaschen, die wir nach der letzten Party nicht zurückgebracht hatten. Im Wohnzimmer eine rötlich verwaschene Ligne-Roset-Couchgarnitur, ein Geschenk von Grischas Mama, davor eine Matratze, Robertos Lieblingsort zum Tour-de-France-Schauen, was man daran sah, dass daneben Süßigkeiten lagen, leere Colaflaschen und Zigarettenschachteln. Templeton Big Pack, von Lidl. Das war so ziemlich Robertos Tagesration, wobei abends oft noch ein Nudelgericht dazukam, das ich »Robertone« nannte. 1 ganze Packung Penne, 1 Packung passierte Tomaten, 1 Becher Sahne, 1 Becher Kräuter-Frischkäse, 1 Packung geriebenen Emmentaler.

»Alter, stell dir vor, du würdest mal von einer Zutat nur eine halbe Packung nehmen, das wäre dann ja ein ganz neues Gericht!« Ich konnte ein bisschen besser kochen und zog ihn auf.

Unsere Zimmer vergleichbar unordentlich, wobei er noch eine Art Kleiderschrank besaß, meine Klamotten hingegen auf einem kaputten Schlafsofa lagen. Ich war gar nicht mal so ungeschickt mit den Händen, doch Wäsche zusammenlegen ging irgendwie nicht. Unsere Besucher, recht viele damals, weil die Wohnung zentral lag, störte das nicht. Sie amüsierten sich, wir auch. Wir freuten uns über die Unordnung, zumal Roberto, der im Lesen, Schreiben und Denken so klar war wie kaum ein anderer. Kaum je gab er mal einen unverständlichen Satz von sich, mir passierte das dauernd.

Ich studierte geschmacks- und meinungsorientiert (also schlecht), Roberto material- und fachorientiert (also gut). Er nahm sein Geschichtsstudium todernst, arbeitete schon mit Anfang zwanzig als HiWi für Koryphäen des Faches, ich erreichte in meinem zusätzlich zu Germanistik gewählten Kunstgeschichtsstudium bald einen vorläufigen Tiefpunkt. Ich versuchte in einem winterlichen Seminar, Friedrich Kittlers waghalsigen Medienbegriff – auch Landebahnen für Flugzeuge seien Medien – auf die historistische Architektur des 19. Jahrhunderts zu übertragen.

Für mich war das Studium ein Spielplatz des Denkens, wo man beliebig oft von der Wippe fallen durfte. Meine Kommilitonen schauten mich hingegen entgeistert an, ich war so *off*, dass es nicht einmal Kritik gab. Selbst der Professor putzte sich mit gesenktem Blick und schweigend die Brille, während ich in meinen auch im Winter getragenen schwarzen Chucks kalte Füße bekam und mich auf den nächsten Joint im White Trash freute, der aufregendsten Bar Berlins, wo ich dann bei anderen, äh, Lebenskünstlern über die, äh, lahme Uni ablästern konnte. Den Alkohol hatte ich vorerst aufgegeben, einer

Bauchspeicheldrüsenentzündung mit unklarer Ursache wegen.

»Trinken Sie vielleicht ein bisschen zu viel?«, hatte mich der Arzt im Krankenhaus gefragt, in das ich mit starken Bauchschmerzen und ungünstigen Lipase-Werten eingeliefert worden war.

»Normal zu viel«, meine Antwort. Doch ich blieb auch über die verordneten Monate bei der Alkoholabstinenz, es gab eh genug andere Drogen.

Die Jahre nach der Pankreatitis achtete ich besser auf meine Ernährung, nicht nur beim Alkohol. Ich überlegte zum ersten Mal, dass es womöglich keine gute Idee sein könnte, sieben Mal pro Woche Döner und Tiefkühlpizza zu essen. Ich aß immer noch Smacks zum Frühstück, jetzt mit Banane und Erdbeeren. Ich kaufte Milch und Obst im Bioladen, im ostigen Plattenbau gegenüber von unserer WG, ging ins Fitnessstudio, betrachtete Bizeps und Trapezmuskel mit der gleichen Faszination im Spiegel wie früher das nüsseknabbernde Eichhörnchen durchs Fernglas. Ich ließ mir die Haare schulterlang wachsen, fing an, auf einer schwulen Technoparty zu arbeiten, lernte, ein Duckface zu machen und so sanfte Joints zu bauen, dass ich täglich kiffen konnte. Wenn die Party in vollem Gange war, um drei Uhr morgens, fühlte ich mich wie unter Wasser. Wie Algen waberten die Tanzenden in dem dunklen Raum, der Bass übersteuerte meine Ohren so sehr, dass ich kaum noch etwas hörte. Es wurde wenig geredet. Bei den Bestellungen an der Bar kam es eher auf Lippenlesen an. Mit der Luft stiegen die Laute zur Decke, eine Wärme, die man spürte. Die Anmachen und hungrigen Blicke, die ich hinter der Bar anzog, gefielen mir, gerade weil ich sie abblitzen lassen konnte. Ich sah zum ersten Mal von außen meine eigene Sexualität, die männliche, dieses Schwanzwedeln, Hecheln, dieser unglaubliche Druck. Genauso war auch ich, konnte das Ganze hier allerdings endlich mal links liegen lassen.

Unter der Schutzschicht des Beats wurde ich stumpfer und schwebte gleichzeitig ein bisschen über dem Boden. Das Minimal-Techno-Gefühl war, dass man zu einer Armee von Auserwählten gehörte, jeder für sich zusammen. Oder könnten das eher die Auswirkungen von Kokain gewesen sein, das ich zum ersten Mal nahm? Mit Koks verkleinerte sich die Welt zu einem einzigen hellen Atemzug. Das Ausatmen: ein Redeschwall. Ja, Herr, ich habe alles verstanden, weiß ich, kenn ich, kann ich! Ich hatte keine Schmerzen mehr. Nervös war ich, schwitzend, doch vollkommen schmerzfrei. Meine Karies-Zähne still, mein empfindlicher Magen betäubt, Mumifizierung am lebendigen Leib.

Wir gingen zu einem Konzert im Palast der Republik, eine Protestveranstaltung gegen die Demontage, während Reaktionäre den Wiederaufbau des Stadtschlosses bereits geplant hatten. Warum alles wegmachen, was diese Stadt auszeichnete, ihre Zerrissenheit? Im Palast trat Mediengruppe Telekommander auf. Wir hüpften auf und ab, mehr ging zu dieser seltsamen Musik nicht, und schrien herum. »Gebt mir ein T-Shirt mit Andreas Baader drauf …«

Es war rappelvoll. Damit Roberto auch etwas sehen konnte, nahm ich ihn auf die Schultern. Er rauchte so viel da oben, dass ich ihn ermahnen musste, mir nicht auf den Kopf zu aschen.

Von dieser Veranstaltung erfuhr ich überhaupt nur von meiner neuen Verbündeten Mollo, eine Punkerin, eine self-made Modeikone. Haare wie ein Wildpferd, ein Lachen wie eine überzuckerte Vierjährige und Outfits, die einem die Birne freipusteten: Dirndl mit silbrig-blauen Haaren und Cowboystiefeln, ein enges Lederkleid mit Badelatschen, ein viel zu großes Motörhead-T-Shirt mit High Heels.

Während sie im White Trash kellnerte, ehemals ein China-Restaurant, die Deko war teils übernommen, saß ich oft stundenlang in einer Ecke versteckt, schaute nur vor mich hin, träumte, wünschte, hoffte. Die Atmosphäre war immer dunkel und rot, fettig und verraucht, exzessiv. Ab und zu kam Mollo vorbei, nahm einen Zug von meinem Joint und tätschelte mir den Kopf. Oder sie stellte mir einen Burger vor die Nase. »Friss!«, befahl sie. Dank ihr bekam ich eine Clubmarke, sonst wäre ich da nie reingekommen mit meiner rausgewachsenen Britpop-Frisur, meinen langweiligen T-Shirts. Der Türsteher, da war ich sicher, hatte mich gefressen, er war so hart wie ich fein, dachte, träumte, hoffte ich.

Ich konnte stundenlang ohne nennenswerte Mimik auskommen, ein freeze face machen, vor allem auf Koks oder bekifft. Durchsetzungsfähig war ich aber nicht gerade. Ich glaubte fest daran, dass meine Zurückhaltung für irgendetwas gut wäre, fürs Beobachten und Schauen vielleicht, fürs Zuhören und Aufschreiben.

Meine Mutter rief ich in diesen Jahren nur an, wenn ich Geld brauchte, was oft vorkam. Sie fragte nie, warum, sie tadelte mich nicht für meine verschwenderische Art. Wenn ich sie zu Hause besuchte, was selten vorkam, in ihrer Brombeer-Burg, in ihrer Welt aus schlummernden Spinnenweben, schien sie glücklich zu sein.

»Soll ich mal das Auto waschen, Mamilein?«

»Nö, nö!« Und das, obwohl man kaum noch durch die Windschutzscheibe gucken konnte. Darüber wirklich empört zu sein, fiel mir schwer. In meinem Berliner Zimmer hing statt eines Vorhangs ein Bettlaken vorm Fenster, ich hatte kein einziges Regal, keinen Schrank, alles lag auf dem Boden. Dafür hatte ich einen guten Dealer, der in seiner Konditorei unterm Tisch Gras und Ecstasy verkaufte. Regale, pfff. Ikea war für mich ein Laden, wo Leute hingingen, die nach Babypuder rochen.

Meine Mutter freute sich, wenn ich mit ihr im Garten arbeitete. Zusammen versuchten wir zum hundertsten Mal, den Urwald zu bändigen. Stellenweise gelang es. Wir gärtnerten hart, mehrere Tage am Stück. Abends rauchte ich draußen heimlich einen Joint und hörte Musik. Das wilde Elektropunk-Wummern passte gut zu den kaum zähmbaren Pflanzen, den erhabenen Bäumen. Ha, dachte ich, das Musikvideo zu Namoshs *Cold Milk* spielt doch auf einem Bauernhof!

Während unser Haus langsam im Dunkel der Nacht versank mit seinen schrägen weißen Wänden, dachte ich an Peaches und ihren Auftritt im Rio. Wie sie da auf dem Podest stand, im zuckenden Licht des Strobos. Ich dachte an ihre Schamhaare, wie Brombeerranken wucherten sie unter dem pinken Badeanzug hervor, wuchsen über meinen Kopf. Monoton ihre Stimme aus den Kopfhörern: »Fuck the pain away, fuck the pain away, fuck the pain away.«

Der Joint wirkte gut.

Das nächste Mal kam ich Weihnachten nach Hause. Ich harkte die Einfahrt, das schwere nasse Laub von Jahrzehnten, so fühlte es sich an. Ich backte Kekse, nur wo die Bleche hinstellen? Alles vollgeramscht. Der Weihnachtsbaum stand bei meiner ältesten Schwester, sie wohnte nicht weit entfernt, dort feierten wir. An ihrem perfekt golden und silbern dekorierten Tisch saßen wir uns gegenüber, tranken viel zu viel Cappuccino, wollten abheben, doch eine Last hielt uns am Boden, schwitzend versteinert. Wir fraßen Marzipan, »so lecker, wie früher!«. Von wegen! Wir nährten uns nur vom Strahlen ihrer beiden Jungs. Mein Bruder zeigte ihnen, wie man das Öl aus der Mandarinenschale in eine Kerzenflamme spritzt und damit eine kleine Stichflamme erzeugt. Sie jubelten mit vollgestopften Mündern wie wir früher, sie tobten, johlten, sprangen von einem Schoß zum nächsten, während wir alle Haltung bewahrten, damit das große schwarze Gewicht – »na, woran denkst du?«, fragte meine Schwester.

Papa, wollte ich sagen, stattdessen: »Bin bisschen müde.«

»Komm, ich hole uns ein Bier!«

Angetrunken ging es besser, die Stimmung wurde lauter, weicher, liebevoller. Doch was seit Jahrzehnten nicht passiert war, geschah auch heute nicht. Das Weihnachtswunder blieb aus. Wir hatten unsere Katastrophe überlebt, doch sie hatte uns getrennt. Wir wurden nie wieder ein Ganzes.

Immer wenn wir uns trafen, dachte ich das. Und schwieg. Und fuhr schnell wieder zurück nach Berlin, auch dieses Mal. Die Stadt war urlaubsleer, ich ging auf knirschendem Streusand durch finstere Straßen. Die Leere gehört mir, das Nichts ist Freiheit, fand ich. Ich arbeitete als Barkeeper auf einer Techno-Weihnachtsparty für die Übriggebliebenen, die

Geflohenen und Verstoßenen. Ich kiffte so viel hinter der Bar, dass ich die Gläser gar nicht mehr richtig waschen konnte, was niemanden interessierte. Ich war verliebt, verliebt in diese Stadt, die ihre Kaputtheit ins Schaufenster stellte wie die neuste Mode.

Ich blies den Rauch meines Joints über den Tresen, er bildete eine Sprechblase: Wir sind Spacken und das ist okay.

Die seelische Ruinenromantik des Nachtlebens, die zerfallenden Hinterhöfe im Zentrum, die mit Klebeband und Spucke zusammengehaltenen Bars. Ewige Korridore im Zwielicht, Diskonebel, in dem man verschwinden konnte, finstere Ecken für flirrenden Drogenschlaf. Die Korridore der Uni nicht weniger dämmerig, die sparsam beleuchteten Bibliotheken, das Schweigen über den Büchern, während mir die Augen zufielen. Ich brauchte starke Reize und stürzte mich in die Geschichte der Pornografie.

Beliebte Investigativfrage vor allem von Frauen: »Machst du das nicht nur, um Pornos zu schauen?« »Nee, die schaue ich ja eh!« Ich absolvierte meine kunsthistorische Zwischenprüfung zu Jeff Koons *Made in Heaven*, wo er vor der Kamera Sex mit seiner Frau hat, der Pornodarstellerin Cicciolina. Ich sah mich schon als Experte und glaubte, den Ursprung zeitgenössischer Pornografie gefunden zu haben. In dem Film *Misfits* von 1961 wird Marilyn Monroes Jeans-Po – sie reitet auf einem Pferd – über eine längere Zeit im Close-up gefilmt. Ob das so wichtig war, dass es die gesamte Welt wissen musste, keine Ahnung, ich erzählte es nicht der Welt, sondern meinen Freunden. Im Bötzow, einer neueröffneten Kneipe in Mitte, hielt ich einen Vortrag, indem ich auf den Zigarettenautomaten sprang und von da oben meine Ideen zur Pornografie mitteilte. Bald darauf las ich im Begleitprogramm des zweiten Pornfilmfestivals meine Geschichte *Mitteleuropäisches männliches Licht*: ein Trucker hat homosexuellen Verkehr auf Autobahnraststätten und kümmert sich danach um seine junge Tochter.

In den Berliner Clubs vermischte sich alles, Menschen, Geschlechter und Zeiten. Im Cookies gab es nur einen Toilettenraum. Und die 80ies-Revival-Frisuren dieser Jahre erinnerten in der richtigen Beleuchtung – dramatisches Rot, grelles Grün oder stumpfes Dämmerlicht – an die historischen Perücken der Adligen. Wir wollen alle Andy Warhol sein, David Bowie, Ludwig der Vierzehnte, dachte ich.

Ich war stolz auf meine beobachteten, angelesenen und erträumten Fantasien und verarbeitete sie zu einem neo-romantischen Fragment, teils inspiriert von Chantals House of Shame, einer transsexuellen Technoparty-Reihe. Wie Erscheinungen schwebten Transsexuelle und Crossdresser über die Tanzfläche, die großen Perücken wippten mit dem Beat. Aufregend, beängstigend. Ich war dort mit Mollo und ihren Freunden, setzte mich abseits auf einen der klebrigen schwarzen Kunstledersessel. Mit winzigem Bleistift notierte ich auf einen winzigen Zettel: »Mollo hatte in der Nacht vom Untergang des Abendlandes geträumt, wie es Jonathan Franzen gleich im ersten Absatz seines Romans *Korrekturen* beschreibt – vom ›Ende der Religion der Dinge‹, um es mit seinen Worten zu sagen.« Es war fünf Uhr morgens, zum Nach-Hause-Gehen war ich zu müde.

Ich nannte meine Nightlife-Geschichte *Romantische Berliner Nachtstücke* und schickte sie an Verlage, bekam nur Absagen, so von Rowohlt Berlin im Mai 2006. »Ihr Text ist sowohl vom Genre als auch vom Inhalt schwer zu verorten und schwankt leider unausgereift zwischen Roman und wissenschaftlicher Arbeit.«

»Unausgereift? Das ist doch gerade der Witz«, sagte ich beleidigt zu Roberto. Er lächelte aufmunternd. Zum Glück wusste auch er nicht, dass solche Absagen die nächsten fünfzehn Jahre bestimmen würden – gerade musste er sich, während ich mit dem alten Laptop in der Hand vor ihm stand, auf etwas anderes konzentrieren: Milch vom Küchenboden aufwischen. Aus irgendeinem Grund war es uns zu anstrengend, Milchtüten zuzumachen, ebenso bei Getränken, Essig und Öl. Man musste höllisch aufpassen, wenn man die Behälter in die Hand nahm, oft Verschüttetes aufwischen. Oder auch nicht, je nachdem. Ich war fest überzeugt, dass die Regeln der wirklichen Welt überformt gehörten, auch von mir. Ich glaubte, Literatur müsse so werden wie Sprache in der Konzeptkunst, Theorie-Poesie, zum Beispiel Jenny Holzers *truisms*, etwa »Protect me from what I want«. Oder super direkt und gleichzeitig lyrisch wie bei Rainald Goetz. Der Untertitel seines Romans *Irre* lautete »don't cry – work«. So geil, so hart, so abgehoben! Wie mir das immer durch den Kopf klingelte, wenn ich vorm Alten Europa saß, einen Americano für 1,80 Euro trank und mich in Bücher vertiefte, wenig zeitgenössische Romane, lieber theoretische Texte, zum Beispiel aus der neuen Superwissenschaft Neurologie. Ich las Antonio Damasios *Descartes Irrtum*, das schon in den 1990ern zu dem Schluss kommt, Descartes »ich denke, also bin ich« gehöre abgewandelt. Es könnte ebenso »ich fühle, also bin ich« heißen! Eine Grundthese Damasios: Nicht nur kann ein Gefühl den logischen Schluss des Denkens stören, wie seit Jahrhunderten unterstellt, vielmehr kann ein »Mangel an Gefühlen ... eine genauso wichtige Ursache für irrationales Verhalten sein«.

Für mich war das bahnbrechend. Was, wenn der Körper in seiner Gesamtheit die Seele wäre, erstens, und man sie daher auch nie finden konnte? Zweitens ist doch im Grunde im Lichte der Neurologie alles Gerede vom »Bauchgefühl« falsch, da Fühlen, ebenso wie Denken, im Gehirn stattfindet. Was also, wenn Denken und Fühlen ein und dasselbe ist? Dann bin ich, der Kopfmensch, gleichzeitig auch Bauchmensch. Diese Idee trug ich seitdem mit mir herum, sie erklärte meine kühle emotionale Verfassung. »Ich bin Schriftsteller«, fand ich, »ich kann Denken und Fühlen nicht unterscheiden. Das muss so.«

Angst, Nervosität, Bauchschmerzen: alles Gedanken. Meine Philosophie einer nicht-monogamen Liebe: tief gefühlt. Das Fatale an meiner Theorie, ich überprüfte sie nie. Ich sah mich auf dem richtigen Weg, meine Idee von der Einheit des Denkens und Fühlens musste doch zumindest eine brauchbare Hypothese sein. Sie schwebte über meinem Haupt wie ein weißes Wölkchen.

Ob nun das Schwitzen unter meinen Armen, das ich immer zu verstecken suchte, wirklich von übertriebener Gedankenarbeit herrührte, fragte ich mich nicht. Oder ob wirklich Ideen dafür verantwortlich waren, dass alle meine Beziehungen in die Brüche gingen, sowohl die zu den zugewandten wie auch zu eher kaltherzigen Frauen? Von mir prallten die goldenen und die schwärzlichen Seelen gleichermaßen ab, was ich mit Sprüchen wie »Berlin is so« oder »Schriftsteller sind halt Egoisten« wegerklärte. Es blieben keine sichtbaren Makel haften, dafür unsichtbare Chemie, Duftstoffe der Eitelkeit und des Versagens. Auf die wühlende Schuttwelle der Angst und der Unruhe in meinem Inneren, die einmal Gefühl gewesen waren, schoss ich mit Betäubungsmitteln und superschlauen Sentenzen von Goetz, mit Houellebecqs sexistischem Zynismus und der exzessiven Monotonie von Minimal Techno – ach genau, und mit »präsumtiver Genialität«, wie es die Kunstgeschichts-Professorin, bei der ich später den schlechtesten Magister des Jahrgangs machte, kritisierte. Sie, eine Ikone der feministischen Geisteswissenschaft, die sich Jahrzehnte an Instituten behauptet hatte, eine scharfe Beobachterin, Denkerin – wieso sollte sie recht haben? Wurscht, mich lockten andere Spielplätze. Auf der Suche nach den Wurzeln des Minimal war ich durch den Partymacher Il Hamma auf Robert Hood gestoßen, auf den Track *Minus*, wie der piepsende Herzmonitor im Krankenhaus klingend. *Internal Empire* der Albumtitel von 1994. Das gefiel mir, ein inneres Imperium und ich der Herrscher. Ich ging hin mit meinem Zepter und vereiste die Gefühlslawine, ihre reißende Bewegung fror ein. Frische Kühle breitete sich in mir aus.

Manchmal, im Rausch, traute ich mich, mein kontrolliertes Habitat zu verlassen. Mit Drogen konnte man wie auf Knopfdruck Gefühlszustände manipulieren. Meistens blieb es bei Wunschbildern, Traumbildern, Selbstbefriedigungs-Exzessen.

Ich war zum ersten Mal in meinem Leben vollständig aus dem mütterlichen Einflussbereich entkommen, ein Student auf Selbsterkundung. Rausch, Pornografie und Kühle, für sich genommen alles verständlich und eher harmlos. Zusammen ergab es eine Wagenburg der Selbstkontrolle. Meine damalige Freundin Daninski nannte mich liebevoll »Außerirdischer«, verzweifelte aber daran, dass ich ihr meine Seele nicht öffnete; ich fand, dass ich im Recht war, auf meiner Eigenheit zu beharren, die Monogamie ausschloss. Vor allem war ich tiefenunentspannt, konnte kaum neben ihr schlafen, fühlte mich in rührenden nächtlichen Umarmungen erstickt und maulte sie morgens aus meiner WG, weil ich mich in ihrer Anwesenheit nicht konzentrieren könne. Nur konzentrieren auf was? Aufs Lesen und Schreiben, Studieren, Denken, so meine Interpretation. In Wirklichkeit brauchte ich, war jemand anderes da, sehr viel Kraft, weil ich mich so verspannte. Ich kontrollierte andauernd meine Äußerungen, Haltungen, Gefühle. Meine unbeholfene Zärtlichkeit konnte die Abgründe nicht überbrücken; wenn ich Daninski versicherte, dass ich ihr »zugeneigt« sei und ihr über die Wange streichelte, nahm sie das als dürr und großväterlich wahr.

»Boah ey, wenn du mir noch mal so geriatrisch ins Gesicht fasst, kaufe ich dir einen Rollstuhl«, schimpfte sie.

Wir standen im Rio, sie zog ihren hellen Trenchcoat nicht aus; es sollte so wirken, als ob man nur ganz kurz hier sei, weil man noch auf zehn anderen Gästelisten stand. Neben Daninski tanzte ein Schreiber des gerade neu in Berlin angesiedelten *Vice*-Magazins, schwarze Jeans, weiße Turnschuhe, daneben ein Künstler mit Oberlippenbart, der apokalyptische Zeichnungen machte, die Ästhetik des Faschismus anzapfte. Sie tanzten, sie sahen gut aus, während ich mitten auf dem Dancefloor die Arme vor der Brust verschränkte, ins Licht der Diskokugel starrte.

»Und besorg dir endlich mal ein Handy«, sagte Daninski,

»ich hab keinen Bock, immer bei deinen Kumpels anzurufen, wenn ich dich erreichen will!«

Ich kaufte mir keines, telefonieren mochte ich nicht und außerdem konnte ich ihre Gefühlsausbrüche nur mit Verweigerung kontern. Sie wurde lauter, ich verstockter. Meine norddeutsche Seele, ihr rumänisches Herz, das musste schiefgehen.

»Du bist ein Kokser, ein Gefühlskrüppel, ein Arschloch«, brüllte sie und warf mir einen Turnschuh an den Kopf, bevor sie mich verließ. Ich gähnte, zuckte mit den Achseln. Die Einsamkeit quälte mich und war vertraut. Ich hatte Sex mit einer jungen Mutter, die ich im Fitness-Studio der Uni kennenlernte. Als wir es bei mir zu Hause machten, morgens um elf nach dem Sport, ohne uns zu kennen, ohne uns auch nur richtig auszuziehen, fing sie an zu weinen. Ich rollte mich vom Bett. Es fehlte nicht viel und ich hätte unauffällig zu pfeifen begonnen.

»Willst du einen Tee oder so?«

Sie schniefte, nickte. Obwohl ich genauso verloren war wie sie, verstand ich ihre Gefühle nicht.

Ich vermisste Daninskis Klugheit, ihre nach Pekannüssen duftenden Haare. Ich hasste sie, weil sie mir das Gefühl gegeben hatte, »immer zu wenig gesagt, gemacht, gefühlt« zu haben, so formuliert in Briefen, die ich nie abschickte. Dazu nachts traurig The Strokes hören … »Oh, the heart beats in it's cage, yes, the heart beats in it's cage.«

Ich trug schwarze Kleidung und fand eine bunte Swatch auf der Straße, die ich mir überstreifte. Ich tauchte ein in die Autonomieästhetik zeitgenössischer Kunst, durch Daninski in mein Leben gekommen. Dort suchte ich, was ich mit ihr verloren hatte. Doch bei den meisten zeitgenössischen Kunstwerken, die in Berlin-Mitte zu sehen waren, schien die Sublimation so stark, dass man überhaupt nichts Emotionales oder Menschliches erkennen konnte. Im Grunde gab es keine Sublimation mehr, nur noch Farben und Formen, elektronische Minimalismen, Zaubersprüche für Eingeweihte. Ich fühlte mich da zu Hause, bestand die Kunstwelt doch zum Großteil aus Sonderlingen, die mit dem sogenannten normalen Leben nichts zu tun haben wollten, so jedenfalls meine Meinung, auf irgendwelchen Atelierfesten oder Vernissagen in die preußischen Hinterhöfe gelabert. Ob das so stimmte oder eher nicht, interessierte niemanden. Es war lustig.

Meine Drogendealer: ein gemütlicher Konditor, der die hohe Stromrechnung wegen des UV-Lichts fürs hausgemachte Gras gut hinter den Betriebskosten für die Backöfen verstecken konnte; ein durchgeknallter Türke, ein schwerer Kokser, der jedes Mal versuchte, mich zu betrügen. Ich ertrug ihn, seine schlechten Zähne und seine fettigen Haare nur, weil sein Zeug wirklich gut war. Für MDMA kontaktierte ich einen Typ mit Glitzerhut, Mario, der zu bestimmten Zeiten auf bestimmten Partys war und einen abwechselnd knutschen und verprügeln wollte. Die Deals musste man in der Weltumarmungsphase machen. Einmal war ich zu früh dran.

»Was grinst du so«, fauchte Mario, »hast du mir was geklaut?« Er packte mich an der Gurgel, kam meinem Gesicht ganz nahe. Er roch nach Apfelschorle und Chemie. Ich hatte so Muffensausen, dass ich lächeln musste, was ihn noch wütender machte. Bevor er mich verprügeln konnte, ging eine Bekannte dazwischen, eine etwas ältere Schauspielerin, genannt »Prinzessin«. »Er ist okay, er ist okay«, säuselte sie und setzte sich mit Augenaufschlag Marios Glitzerhut auf – er fiel ihr um den Hals. Stimmungsumschwung.

»Manchmal ist die Welt so, so – so!« Er zog mich zu sich, legte den Kopf an meine Wange. Ich hielt den Atem an. Es kostete mich große Mühe, seine Schulter zu umfassen, ich machte es nur, um das MDMA zu kriegen. Wir schwitzten alle ganz furchtbar, es war sechs Uhr morgens, hinter dem Bunkerfenster ging die Sonne auf. Sie öffnete die strahlenden Augen, sie öffnete ihr hitziges Maul und verschlang alles Wahre und Schlimme.

Du musst nur Augen und Mund öffnen, sagte sie, du musst aufgehen, oben stehen und untergehen. Der Kosmos gehört dir. Die Erde gehört dir.

Was die Lichtschönheit manchmal störte: Wolken. So wie heute. Noch mehr störten aber die Menschen. Die Menschen waren auf der Erde, immer, ein bescheidener Teil des Kosmos. Sie sahen den Sonnenaufgang durchs Fenster, sie sahen, wie der Himmel grau zuzog und Wind aufkam. Es war kühl, später September. Vor dem Fenster stand ein Baum, die Blätter noch grün, aber sie hingen schlaff herab, trödelten ihrem Ende entgegen.

In dem alten Heizungssystem neben der Couch klirrte ein Beat. Der kleine Raum war voller Menschen, alle blass, entstellt, gutgelaunt, verloren. Die ganze Nacht hatte ich jemanden finden wollen, mit dem ich mich unterhalten konnte. Kompliziert. Nicht, dass es an weltbewegten Menschen gemangelt hätte. Hier, in diesem kleinen Vip-Raum hinter der

Garderobe, wo nur Ausgesuchte Zutritt hatten, war die potenzielle Elite Berlins versammelt. Es erforderte Intelligenz, ein normales Leben zu führen und gleichzeitig so viel Drogen in sich reinzustopfen wie möglich. Ich sah, dass die Zigarette in meiner linken Hand so weit runter war, dass sie meinen Mittelfinger verbrannte, aber ich spürte nichts. Ich warf den glimmenden Rest auf den Boden. Rechts neben mir ein alter Mann, der mir die ganze Zeit das Ohr abkaute. Er stöhnte. »Jaja, Westbam damals.«

Er stand auf. Sein faltiges Gesicht, plötzlich kraftvoll, strahlte nach innen. Er stolperte, er kippte nach vorne in die Menschenmenge, und ich schaffte es endlich, die Prinzessin zu suchen. Sie stand in einer dunklen Ecke, schielend, mit weichen Knien. Sie freute sich auf mein Koks.

Wir spazierten durch den gefühllosen Morgen, beherrscht von Straßenarmut und bösen Krähen, stiegen zur Dachwohnung hoch, die die Prinzessin seit ihrer Scheidung allein bewohnte. Während ich auf dem gläsernen Wohnzimmertisch die Linien legte, zog sie sich um – ein schwarzes Seidenkleid, ein Original aus den Zwanzigerjahren, wie sie mit fahrigen Handbewegungen versicherte. Die Wohnung sah aus wie ein Filmmuseum, alte Plakate und Requisiten, von Kerzenlicht beleuchtet. Den trockenen Küssen wich ich aus, lenkte die Prinzessin zu den weißen Pulverstreifen auf dem Tisch. Sex war eh nur ein Kopfding für sie, typisch Kokser.

Sie wurde kaum noch besetzt, spielte bloß immer Mordopfer, Kindergärtnerinnen, welke Affären, obgleich sie jeden in der Branche kannte. Und jeder mochte sie.

»Niemand kommt nach oben, weil er nett ist«, raunte sie mir ins Ohr. Ich hörte ihre Zähne knirschen. Ich tätschelte ihre Schulter, während sie sich über die weißen Bahnen beugte.

Wie ein Monster mit vier Köpfen, toten Augen und bebenden Nasenflügeln schnupfte sie durch ein Silberröhrchen Kokain. Ein unmenschlicher Laut drang aus ihrem zitternden Körper, sie warf den Kopf in den Nacken und versteinerte mit weit geöffnetem Mund, sekundenlang. Dann sprang sie auf, drehte sich mit raschelndem Seidenkleid und schwebte zum Klavier. Wenn sie spielte, wurde sie zu einem anderen Menschen, als hätte sie sich, wenn auch durch das Rauschgift mumifiziert, einen Rest Kindlichkeit bewahrt. Mit glockenheller Stimme sang sie einen Schlager aus der Hölle, es war wohl die Variation eines bekannten Songs.

»Komm wir springen von dem höchsten Dach
dieser Welt
Werfen einfach weg was uns zusammen hält
Jau jau, jau jau
Bist du richtig süchtig, Haut an Haut ganz berauscht
Fall in meine Arme und kein Fallschirm geht auf
Ohja, Ohja
Alles was ich will, ist da, die Totenwelt ganz nah
Nein wir wollen hier nicht weg, alles ist perfekt.«

Drogen waren keine wärmenden Planeten mehr, sondern Irrlichter, die auf Sandbänke und Felsen lotsten. Viel Zeit mit falschen Leuten, Beine baumeln in der Verlorenheit, gegen den eigenen Rhythmus arbeiten, Lebensenergie verbrauchen, die man nicht wieder auffüllen kann, und vor allem, verdammt nochmal, entspannten die Drogen mich nicht. Nie! Jede Minute Loslassen bezahlte ich mit Stunden der Verkrampfung. Mahlender Kiefer, steifes Zwerchfell, blockierte Hüfte.

Wie die Menschen in die Ferne rückten, die Stadt klaustrophobisch wurde, als ich um zehn Uhr morgens nach Hause ging. Ich war steif wie eine Statue, lief am Hackeschen Markt nur auf der Straße, der Bürgersteig zu voll. Touristen, Baustellen, Ausverkauf. Die schöne Berliner Weite war eng geworden, der Großstadtrausch überdrehte, die schillernden Persönlichkeiten auf der Straße glänzten nicht mehr, stattdessen johlende Junggesellinnen in zu engen Hot Pants. Sie plapperten ohne Unterlass, atmeten meine Luft weg – so fühlte es sich an, wenn ich zu viel gekifft hatte, auf Koksentzug war.

Weil ich eine Pause brauchte, vor allem von mir, ging ich in die behäbigste Stadt, die ich mir vorstellen konnte. Wien.

Ich verguckte mich in eine Wiener Kunstgeschichtsprofessorin namens Frieda. Ihr Seminar zur visuellen Kultur politischer Bilder wirkte stark, frisch und klug; nebenbei arbeitete sie an einer der ersten halb-universitären Queer-Studies-Veranstaltungen Österreichs mit, ein kleines Wunder in diesem verschnarchten Land. Überhaupt, wann traf man schon mal eine so schöne Akademikerin. Ihre schwarze Helmfrisur sah nach New York aus, ihre Stimme klang nach deutscher Genauigkeit, ihre Hände wie gemacht für feinste Sektgläser und da sie gerne und viel laufen ging, hatten ihre Waden, Waderln, etwas entschieden Kräftiges. Anfangs merkte ich nicht, dass sie mich überhaupt wahrnahm, aber meine aufdringlichen Blicke musste sie doch gespürt haben. Jedenfalls kommentierte sie meinen Essay, den man während des Seminars schreiben sollte, positiv – was bei mir nicht oft vorkam, ich war als schlechter Student gebucht. Von ihr fühlte ich mich ernst genommen, zum ersten Mal an einer Hochschule. Sie sprach mit mir über meinen Essay wie mit einem Kollegen, ich brachte kaum ein Wort hervor, nickte nur immerzu.

»Falls Sie noch einen anderen Text haben, auf den ich mal einen Blick werfen soll, gerne!«

Natürlich schickte ich ihr einen weiteren Text. Ich war stolz, rief gleich Roberto an. Der grinste so breit, dass ich es durchs Telefon hören konnte.

»Eine hübsche Professorin, ah ja!«

»Ihre Forschungen interessieren mich.«

»Klar, was sonst. Und wie geht es dir so?«

»Ich gehe jeden Tag zwei Stunden zu Fuß und ich kiffe nicht mehr«, erzählte ich, was ihn erleichterte.

Das erste Mal allein traf ich die Professorin in einem Cafégarten, ein wackeliger Tisch, schwüle Luft. Ich spiegelte mich dunkel in ihrer Sonnenbrille. Dass sie sich für mich interessierte, erregte mich. Sie nannte mich beim Vornamen, hörte sich aufmerksam an, was ich gelesen hatte, worüber ich nachdachte. Sie kritisierte meine studentisch-wissenschaftlichen Überlegungen in einer klaren und freundlichen Art. Und sie war sichtlich besorgt über meine Angewohnheit, jedes Argument auf seinen nackten, toten Grund zurückzudrängen.

Sie runzelte die Stirn, nahm die Sonnenbrille ab. Ihre blauen Augen wie Kornblumen.

»Irgendwann musst du aufhören mit diesem tautologischen Denken, sonst drehst du dich nur noch um dich selbst.«

Ein Regenschauer trieb uns ins Innere. Friedas Augen schön, aber regungslos, als spielten sie nicht mit, während ihre Worte in mich eindrangen. Stundenlang hörte ich zu, akademische Positionen und Grabenkämpfe, welcher Kunsthistoriker welche Theorie vertrat und mit wem er verheiratet war. Ich hörte zu und dachte an Sex, so lange hatte ich mich schon nach einer älteren Frau gesehnt.

Frieda spielte keine professorale Erhabenheit vor, erzählte von ihren Problemen mit einem Zeitungsartikel, den sie schreiben musste. Es ging um visuelle Kultur, um W.J.T. Mitchells Chiasmus: »Das Sozialleben ist auf Sichtbarkeit hin ausgerichtet und das Sehen ist sozial bedingt.«

Ob das nicht auch eine Tautologie sei, fragte ich. Nur wenn man es so hinbiegen will, antwortete sie. Sie hatte ein anderes, ganz einfaches Problem, sie war unsicher, ob zu viele Informationen in dem Artikel seien. Ob ich ihn lesen und ihr meine Meinung sagen könne? Ich nickte.

Abends brachte sie mich zu meiner WG nahe des Belvedere-Schlosses. Wir umarmten uns. Ihr Rücken fühlte sich knochig an. Sie wirkte sportlich und robust, fast muskulös. Das Gefühl, das ihr schmaler Rücken unter meinen Händen hervorrief, zerstörte diesen Eindruck. In meinen Armen wirkte Frieda zerbrechlich, und ich hätte merken können, dass sie mich umarmte, ohne mich anzufassen. Ich fragte nicht, wie alt sie sei. Vierzig, schätzte ich, mehr als zehn Jahre älter als ich.

Beim nächsten Treffen gingen wir essen. Unsere Hände berührten sich. Die Kellnerin war verwirrt, wusste nicht, wem sie den Wein zum Probieren anbieten sollte, dem Herrn, der Dame? Wien sei provinziell, meinte Frieda, als wir wieder allein waren, man dürfte doch sehen, dass ihre Bluse mehr koste als mein gesamtes Outfit. Ich nickte, obwohl ich meine beste Hose trug. Frieda probierte den Wein und bestellte das Dessert. Frieda zahlte.

»Ein Geschäftsessen«, sagte sie. »Ich will, dass du für mich arbeitest. Als Assistent.«

Wieder rief ich Roberto an. Diesmal freute er sich wirklich.

Frieda und ich flirteten, hielten Händchen, küssten uns schüchtern, alles aufregend und freundschaftlich. So ist das also mit Älteren, wunderte ich mich. Als ich meinen Arbeitsvertrag bei ihr zu Hause unterschrieb, saß sie mit gespreizten Beinen auf ihrem schwarz-ledernen Bürostuhl, die edlen Füße ragten aus der Seidenhose. Wir küssten uns, diesmal ernsthaft – wieder das dürre Gefühl, als küsste ich eine Fassade. Obwohl wir nicht richtig in Fahrt kamen, landeten wir im Bett. Unsere Körper passten nicht zusammen, Fingernägel auf einer Schultafel, wir rollten, drückten, schoben, schnaubten. Irgendwann kniete sie sich über mich, zog mir die Unterhose runter.

Sie masturbierte mich mit eckigen, herrischen Bewegungen. Als ich kam, ließ sie es auf meinen Bauch spritzen. Sie sah die weißlich schleimige Flüssigkeit und ihr Gesicht verzerrte sich. Sie wischte sich die Hand an einem Taschentuch ab.

Wir mochten uns nicht mehr, sofort, von diesem Moment an.

Zwei Tage später im Büro schenkte sie mir ein Buch, Ian McEwans *On Chesil Beach*, wo es um ein Paar geht, das eine Vernunftehe eingeht und sich beim Sex-Versuch in der Hochzeitsnacht tief angeekelt entfremdet. Ähnlich war es bei uns. Wir bewegten uns bei der Arbeit wie Zementpuppen, sahen uns sonst gar nicht mehr. Nach einem halben Jahr lief mein Vertrag aus. Aus der versteinerten work marriage floh ich zurück in die laute Hölle Berlins. Wieder einen Schrotthaufen hinter mir gelassen, das Gegenteil von einem Netzwerk, einem tragenden Gefüge. Es war, als läge in allem, was ich tat, eine strenge Unordnung, wo man automatisch falsch geht, atmet, handelt. Warum überhaupt Arbeit und Liebe vermischen, sagte einem nicht jeder, dass das eine schlechte Idee ist?

»Manche Sachen sollten anscheinend lieber in der Fantasie bleiben«, erzählte ich Roberto, der mich vom Flughafen abholte und der abrasierten Haare wegen kaum erkannte. Kurz vor der Abfahrt hatte ich alles bis auf ein paar Millimeter runterschneiden lassen.

»Amen«, sagte er. »Lass saufen gehen.«

Er konnte Gedanken lesen, ganz sicher.

Als ich nach Mitte heimkehrte, das Kiffen aufgegeben und das Trinken wieder angefangen hatte, ging die Feierschlaufe erneut los, auch die intellektuelle. Die Bar 25 war eine Gartendisko, industrie-romantisch an der Hochbahnstrecke gelegen. Sie bestand aus einer großen Matschkuhle, über der eine Diskokugel hing, ein paar Holzhütten und einem Lagerfeuer. Wenn man sich den Hintern verbrennen wollte, konnte man über dem Feuer schaukeln. Wobei ich mich an die Räumlichkeiten nicht so richtig erinnere. Vielleicht statt Matschkuhle eher Holzveranda? Deutlicher erinnere ich mich an eiskalte

Nächte, nackte Füße, Konfetti, Glitzerschminke und einen Beichtstuhl, in dem man Drogen nehmen konnte. So witzig, so gewagt! Die ganze Kultur dieses Ortes hippy-esk, wobei man den Betreibern keine mangelnde Konsequenz vorwerfen konnte. Wenn sich zu Eric D. Clarks *From Disco to Disco* eine Polonaise bildete, haha, donnerdruff, wurde auch klar, warum die Bar-25-Jahre, musikalisch minimalistisch, doch eine Zeit der Karnevals-Renaissance war. Nicht nur, dass sich alle ständig verkleiden mussten und die normale Zeit außer Kraft gesetzt wurde, da die Partys viele Tage am Stück gingen. Auch sprachlich regierte nicht nur das Sampling, sondern der Kalauer.

»Lasst mich Arzt, ich bin durch«, hörte ich den Typen neben mir. Er stand bei der Polonaise so blöd in der Gegend rum wie ich, nur dass er aussah wie ein Pete Doherty mit Geschmack, ich hingegen hatte das Hemd bis oben zugeknöpft, irgendeine Hose an. Er hieß Niki. Genauso dringend wie ich suchte er jemanden, mit dem er seine Ideen abfeiern konnte. Auf Koks redeten wir sieben Stunden über Filme und Bücher und dann noch zwei über Frauen. In unserer Vorstellung waren wir von diesem Tag an Adlige, Alleskönner. Kraft unermüdlicher Klugheit beherrschten wir das Weltall der Filmkunst, der Literatur, der Theorie. Solange wir drauf waren, solange wir weiterredeten, träumten, spintisierten, war dieser Status unverletzbar. Nur nüchtern blieb nicht viel davon übrig, mehr noch, gemessen an der Kühnheit unserer Ideen sahen wir in der Wirklichkeit gewöhnlich aus. Kokain öffnete die Tür zu dem, was möglich sein könnte –

»Wenn doch nur der dumme Konjunktiv nicht wäre«, grinste Niki. Er liebte nicht die Glitzerorgien und die Polonaisen, sondern die Endlosigkeit der Partys. Er verbrachte dort oft mehrere Tage. Die andere Zeit las er Bücher und studierte Kulturwissenschaft, ich hatte keinen Schimmer, was er fühlte, wo er herkam. Wir fuhren mit seinem schwarzen Peugeot-Cabrio durch Berlin, benutzten teures Parfüm, er ließ seine Sonnenbrille und ich mein nachwachsendes Haar versiffen. Wir gründeten einen privaten Tennis-Zirkel, »The Happy Few«, bei dem es einzig darum ging, die heiße Schwester eines Freundes aufzureißen. Niki gewann. Er kam mit Lederkoffer und Hosenträgern auf den Platz, was damals nicht unangenehm auffiel, mir jedenfalls nicht. Ich trug alte zerfetzte T-Shirts, falls überhaupt, und abgelatschte Turnschuhe. Ich konnte gut rennen und schlecht spielen, Niki eher umgekehrt. Er ging damals so viel feiern, dass er manchmal aus dem Büro – er war Freelancer für verschiedene Agenturen – nochmal in der Bar vorbeischaute, am Dienstag oder Mittwoch. Mit der Kondition eines Bisons gesegnet, machte er sich über mich und meine Körperaufmerksamkeit lustig. Als ich ihm nach dem Duschen einmal mit den Worten »da freut sich deine Haut« eine Lotion reichte, konnte er sich vor Lachen kaum anziehen. Außerdem hatte er schon was getrunken und machte sich heute noch schicker als sonst, Sakko mit Weste, es war Pfingsten und wir wollten nach Hoppegarten zum Galopprennen. Wie eine düstere Erleuchtung war indes an unserem Horizont ein neuer Stern aufgegangen, das Kokstaxi. »Pfingstangebot«, so der Fahrer gerade per SMS, »fünf Gramm zum Preis von vier.« Anrufen, halbe Stunde warten, dann wurde das Zeug geliefert, ein unauffälliger Wagen, grau oder schwarz. Hinten einsteigen, um den Block fahren, Ware gegen Geld.

Erst ein oder zwei Jahre nach unserem Kennenlernen in der Gartendisko erfuhr ich Nikis richtigen Nachnamen. Er hatte sich immer mit »Huegelle« eingeführt, was gut zu seiner eleganten Kleidung und seinem Hut passte. Man dachte an ein Château oder zumindest an Weinberge. Doch bei einem Umzug stand sein richtiger Name am Klingelschild. Hügel. Er versteckte ihn so gut es ging, wie auch seine Familiengeschichte. Wobei das fast alle machten. Im Berliner Zentrum lebten damals, abgesehen vom Prenzlauer Berg, nur familienlose Singles, die sich in Ausgeh-Nächten, an klebrigen Bars und auf Vernissagen ihre eigenen Genealogien zusammenstickten. Niemand erkundigte sich nach deinen Eltern, niemand wollte deine Geschwister kennenlernen, es sei denn, sie waren arschsexy oder berühmt. Und wenn man doch mal, zumeist berauscht, in die Meerestiefen der Familie tauchte, kamen fast immer komische, fiese, sogar schlimme Funde an die Oberfläche. Schiffbrüche, monstergroße Kraken, Stürme; Missbrauch, Krankheit, Tod.

»Zwei Drittel der Morde«, erklärte Niki mit adrenalinwachen Augen, »passieren innerhalb von Familien!«

Wir bestellten noch ein Gramm und tranken eine Flasche Whiskey.

Im Unterschied zu Roberto, der sich schnell langweilte, weil er ein Themenfreak war, konnte ich mich mit Niki gut über Stil unterhalten. An Themen grundsätzlich uninteressiert, wollte er immer die Machart wissen, das Wie. Niemand konnte besser als er über das Genie von Roger Federers Vorhand, Christopher Nolans filmische Konzeptkunst, die Streicherfeinheit der Berliner Philharmoniker sprechen. Wir verliebten uns gleichzeitig in eine wasserstoffblonde Schauspielerin mit den aufregendsten Lippen und dem schönsten Po Berlins. Sie steckte uns mit ihrer guten Laune mühelos in die Tasche, ihre Verhackstückung der deutschen Sprache ließ uns nach Luft schnappen. »Dein Blick spricht andere Bände« oder »betroffene Hunde bellen«, dies ihre Klassiker; auch erwähnenswert, dass sie zu DDR-Zeiten gedacht hatte, der Name ihres Regierungschefs sei »Eri Schonecker«.

Ich kam mit ihr zusammen, doch war klar, es ist auf Zeit. Auch sie konnte meine Verspannung nicht lösen, obwohl sie mich, wie viele Freundinnen und Freunde, darauf hinwies: »Du knirschst mit den Zähnen«, »lass doch mal los«, »deine Schultern sind ja ganz hart«, »sag mal, ziehst du die ganze Zeit den Bauch ein?«.

»Nee, Quatsch«, sagte ich. Ich bemerkte meine Verspanntheit schon lange nicht mehr.

Als wir uns trennten, etwas über ein Jahr später, und ich ihre Wohnung verließ, rief sie mir schluchzend vom Balkon hinterher: »Es sind doch noch deine Bratwürste im Kühlschrank!«

Mir liefen Tränen über das Gesicht, während ich durch einen goldgelben Sommernachmittag nach Hause radelte. Die Luft war so warm und weich, und ich nutzlos, dumm, hässlich. Der Satz meiner Freundin, rührend zärtlich, zog mir den Boden unter den Füßen weg. Ich weinte zwei Tage lang, die Vergangenheit holte mich ein. Ich kapierte nicht, was mich dazu trieb, all diese lieben Menschen immer zu verstoßen. Warum konnte ich nicht mit einer Frau aufs Land ziehen, Gurken pflanzen, Äpfel pflücken? Was zwang mich dazu, immer wieder alles hinzuschmeißen, wenn der erste

Aufregungs-Sex vorbei war? Mein Drang nach Freiheit? Wohl kaum. Abenteuerlust? Eher nicht. Es fühlte sich, dachte ich weinend, wie eine Zwangshandlung an, eine sich selbst erfüllende Prophezeiung, das »ich will ja eigentlich keine Beziehung«, mit dem ich jede Beziehung begann, musste eingelöst werden.

Ich schrieb eine Kurzgeschichte über die grausame Reichweite der Vergangenheit, umso erfundener, desto besser – so auch meine Geschichte über einen Serienmörder, auf Giorgio Agambens These basierend, dass derjenige souverän sei, der über die Ausnahme entscheidet. Scharfsinnige Luftnummern. Ich ließ mir von niemandem helfen, nahm keine Ratschläge an, liebte Niki und Roberto umso mehr, weil sie, genau wie ich, eher Jungen als Männer waren – wir alle hatten im Mindesten brüchige Vaterbeziehungen. Ich liebte sie auch, weil sie mir nie das Gefühl gaben, falsch zu sein.

Mit Niki feierte ich und fabulierte über Filme, deckte mich mit seiner Gewitztheit zu. Mit Roberto joggte ich und redete über Geschichte, wachte in seiner Klarheit auf. Ich war abhängig von meinen Freunden, sie waren mein Leben, meine Welt, und das störte mich nicht. Warum schnürte es mir dann in Beziehungen mit Frauen die Kehle zu?

Abends besuchte mich ein Verleger in meiner Wohnung in einem Abbruchhaus hinterm Berliner Hauptbahnhof. Er hatte Haare bis zum Hintern und es gab immer irgendeinen jungen Adepten, einen großen Dichter von morgen, einen Genie-Praktikanten, einen vaterlosen Fan wie mich, der ihm das Haar streicheln, kämmen, zu Zöpfen flechten sollte. Wenn er Bauchschmerzen hatte, aß er Eis mit Schlagsahne, bei Kopfweh rauchte er Kette, so auch heute. Der Kippengeruch lag wie ein Futter in seiner Lederjacke und überdeckte teils den irgendwie sympathischen, irgendwie bedrohlichen Schweißhauch. Wir saßen in meinem Innenhof, blickten über die Brachfläche des Bahnhofs, wo riesige gelbe Königskerzen in die Höhe schossen. Mondgemüse.

»Man kann nicht Schriftsteller *werden*, man kann nur einer *sein*«, raunte mir der Verleger ins Ohr. Ich war verwirrt und fragte mich, was das war. Kussversuch oder Besserwisserei?

V.
ERWACHSENSEIN

Ich konnte mir nicht mehr vormachen, kein scheiternder Schriftsteller zu sein. Ich war Hilfsarbeiter eines Hilfsarbeiters für ein Theaterlexikon, bei dem man sich in Zeiten der Digitalisierung sowieso fragte, wer das noch kaufen sollte. Ich übersetzte ohne besonderes Talent aus dem Englischen. Ich wollte dem großen Berliner Galerien-Fest ein Magazin für literarische Kunstkritik andienen, doch der rundwangige Galerist, dem zwei Kumpane und ich unsere Idee vorstellten, bat uns nicht einmal in sein Büro. Unter den gnadenlos neugierigen Blicken der Mitarbeiterinnen fertigte er uns im Vorraum ab. Ich lebte vom Geld meiner Mutter und von einem Barjob in einem Club, hinterm Hauptbahnhof direkt gegenüber meiner Wohnung gelegen. Manchmal taumelte ich so besoffen über die vierspurige Straße zwischen Club und Haus, dass die Autos hupende Vollbremsungen machten. Es standen dort zwanzig Wohnungen leer, mich eingerechnet gab es vier Parteien, direkt neben mir ein riesiger Fettsack, der seinen nackten Bauch beim Aus-dem-Fenster-Schauen auf dem Fensterbrett ablegte. Und da stand er oft, bellte Anwürfe in unsere Richtung, wenn ich mit Feierleuten auf Koks, Ketamin und Alkohol im Innenhof abhing. Sein Bellen mischte sich einwandfrei in unseren Beat, wir jubelten ihm zu.

»Bauch, Bauch, Bau-Bau-Bauch«, skandierten wir, was ihm am Ende nicht schlecht gefiel. Er hatte ja niemanden.

Die Romantik des Nachtlebens eine Charles-Bukowski-Welt, in der die Wahrheit, wenn sie denn einmal kurz aufblitzte, immer hart und traurig sein musste. Weich war nur der Wind, der über die Brache hinter dem Haus wehte, weich waren die Haare fremder Frauen in meinem Mund. Das Rumbumsen klappte, selten lustvoll. Mein Künstlerfreund Daniel Roth machte sich darüber lustig. Seine Augenringe so dunkel wie ein schlechter Traum aus der Kindheit, doch schmunzelte er fast immer, seine Augen leuchtend und ehrlich.

»Also lass mich das nochmal zusammenfassen, du gehst mit Frauen ins Bett, die du nicht richtig kennst, ständig, bist dann aber dabei verkrampft? Sowas hab ich noch nie gehört! Da müsste man ein Lied draus machen, nur wie, ich kann mir gar nicht vorstellen, wie sich das anfühlt!«

»Weiß ich ja eben auch nicht«, antwortete ich.

Beruflich ging bei mir wenig, als ich den Kunstsammler und pensionierten Journalisten Joni kennenlernte – mit seinen gut siebzig Jahren trug er so oft wie möglich Hawaiihemden, dazu Socken in Sandalen, Glatze. Hinter einer dünnen, ganz normalen Brille funkelten unermüdliche Augen. »Ich schlafe höchstens fünf Stunden pro Nacht, seit ich zwanzig bin«, verkündete er gleich.

Der langhaarige Verleger hatte uns vorgestellt, wir saßen in dem braun getäfelten Bötzow, in dem ich vor Urzeiten, so fühlte es sich an, mal gearbeitet und meinen Porno-Vortrag gehalten hatte. Der Zigarettenautomat, auf dem ich gestanden hatte, war nicht mehr da, der Bar- einem Restaurantbetrieb gewichen. Schnitzel und Spätzle, das neue bourgeoise Berlin – ein paar Monate später eröffnete am anderen Ende der Torstraße das Soho House, Mitgliedschaft 150 Euro monatlich.

Joni löcherte mich, wer mein Lieblingsschriftsteller sei, Rainald Goetz, nie gelesen – und Lieblingskünstler? Ich nannte ein paar Zeitgenossen, Bernhard Martin, Madeleine Boschan, Marius Glauer, doch Joni ließ nur Vermeer gelten, den großen Niederländer des 17. Jahrhunderts.

»Wie viele Vermeers gibt es überhaupt und in welchen Sammlungen befinden sie sich?« Ohne eine Antwort abzuwarten, zählte Joni das alles auf. So ging das Gespräch weiter, er spielte mit sich selbst Quiz, nur unterbrochen von gelegentlichen »Falsch«- oder »Ruhe jetzt«-Rufen in meine Richtung, wenn ich doch einen Halbsatz hatte unterbringen können. Mir brummte der Schädel, doch da Joni einlud, konnte ich mich besaufen. Als auch er angetrunken war, stellte ich fest: »Du brauchst jemand, der dich in den Tod begleitet, ich brauche Geld. Passt doch ganz gut!«

Joni lud mich immer öfter in seine Dachwohnung ein, die einem Museum mit angrenzender Bibliothek ähnelte, nahm mich auf Ausstellungs-Ausflüge mit, und abends gingen wir essen. Seine Ratespiele brachen nie ab, doch zunehmend wollte er jetzt auch wissen, wie denn mein Leben funktioniere.

»Schriftsteller, meinetwegen, dann solltest du auch mal was publizieren«, sagte er. Oder: »Arbeit ist ja nicht nur anstrengend, sie stützt einen auch.«

»Du bist Workaholic, und ich ein Loser«, erklärte ich.

Traurig hatte ich ihn schon erlebt, wenn er nämlich von seinem verstorbenen Mann sprach. Jetzt wurde er wieder traurig. Seine Bandwurmsätze stockten, seine gestikulierenden Arme sanken herab. Er strich sich über den dünnen Oberlippenbart, schaute mich fassungslos an.

»So siehst du dich«, fragte er, »als Verlierer? Das ist ja furchtbar!«

Er schlug mir vor, ein Buch über den Kunstkenner Max J. Friedländer zu schreiben, »super bedeutend, aber kaum bekannt!« Da er auch für die Finanzierung sorgte, willigte ich ein. Meine Kunstschriftsteller-Karriere begann, so könnte man es formulieren, wenn man eine diesige flache Ebene, auf der wenig bis gar nichts passierte, nur Fleißarbeit am Schreibtisch, in Archiven und Bibliotheken, als Karriere bezeichnen wollte. Grau und flach mein Leben, nur hin und wieder erleuchtet durch Jonis unverschämte Energie. Er war, obwohl schon lange pensioniert, immer noch Workaholic, Klatschbase, Hinter-den-Kulissen-Flüsterer, Frühaufsteher, Späteinschläfer. Er ging viermal pro Woche ins Museum, wenn es schlecht lief, las bis zu zwanzig Bücher parallel, »dazu hatte ich in meinen Zeitungsjahrzehnten keine Muße«, am liebsten Kleist, Flaubert und Melville. Und er redete, redete ohne Unterlass, wie eine Regenflut, die auf einen Wasserfall fällt, der in einen wilden Gebirgsbach mündet. Sein Wissen überspülte mich, auch seine Zuneigung. Warum mochte er mich? War er einsam? Fand er mich gutaussehend? Zog meine Seele ihn an? Jedenfalls umgab er sich ausschließlich mit Jüngeren. In einem von ihm mitfinanzierten Szenerestaurant belehrte er uns Mitte-Menschen, dass man »Journalismus« bitte schön nicht amerikanisch, sondern französisch betonen möge –

»hallo, hergehört, es kommt von jour, französisch für Tag!«. Und man solle sich gefälligst angewöhnen, »atemraubend« zu sagen – »atemberaubend, das ist hirnverbrannt unsinnig!« Er redete wie gedruckt, man kam kaum dagegen an. Und er war ein großer Freund des sogenannten »stage whispering«, wo man nur vorgeblich flüstert, in Wirklichkeit fast deutlicher spricht als gewöhnlich. »Der Kellner könnte ja auch mal zu uns kommen« oder, beim Probieren des Essens: »lecker ist was anderes.« Ich schämte mich manchmal dafür, insgeheim fand ich es gut. Er sagte immer, was er empfand und dachte. Auf der Auguststraße, an einem dämmerigen Abend, zischte er einem Mann, der uns anstarrte, ins Gesicht: »Ist was?« Joni war da über fünfundsiebzig, der Mann locker fünfzig Kilo schwerer als er – ein Restaurantbesitzer, stellte sich heraus, der Joni als gelegentlichen Kunden erkannt hatte und nichts Böses wollte.

Meine Texte, gleich zur Redaktion angefordert, bearbeitete Joni mit harten Kommentaren, die er an die Ränder schrieb, dort, wo Korrekturen hingehörten. Grammatik, Stil und auch die Themen meiner Sachen waren in seinen Augen mangelhaft. »Hübsch, schön, böse, geil, Sex, klein, hell, weich, dunkel – lieber Herr Schriftsteller, Sie verwenden leider immer dieselben Wörter, bitte Wortschatz erweitern«, schrieb er dorthin, oder: »Himmel hilf, bitte nicht noch eine pornografische Sexszene!«

Seine Kritik traf wie ein Rohrstockhieb. Noch nie hatte jemand so respektlos über meine Literatur gesprochen. Allerdings merkte ich trotz Empörung, dass er in vielem nicht falschlag, diese Art von Kritik notwendig war.

Mit Jonis Hilfe, die mir Stipendien und einen Förderpreis

einbrachte, veröffentlichte ich mein erstes Buch, die Biografie des Kunstkenners Max Friedländer, eines für Berlin unersetzlichen Museumsdirektors. Das Wichtigste, was ich aus Friedländers Zeit um 1900 mitnahm: Er schien eine »seelische Allergie« gehabt zu haben und verliebte sich nie, hatte weder mit Männern noch mit Frauen Sex, kaum Freunde, fast nur Arbeitskollegen, er starb ungeküsst.

Ich schrieb hier und da für Magazine, sollte in Zusammenarbeit mit einem Kunsthändler eine Monografie zu Leben und Werk von A.R. Penck verfassen, die dann aber aus mysteriösen Gründen nicht publiziert wurde, ein weiteres fertiges Buch auf meinem Projekt-Friedhof. Nie wieder traf ich so viele verbitterte, manipulierende Menschen auf einem Haufen wie bei diesem Projekt – mich inklusive. Anstatt einfach meine Meinung zu sagen, hielt ich das Fähnchen in den Wind, ohne mit meinem Opportunismus je etwas zu erreichen. Das Herrenhaus des Kunsthändlers im Berliner Umland so grau wie sein Gesicht. Immer wenn ich dort war, musste ich schrecklich viel gähnen und niesen, lag wohl an den staubigen Teppichen, den in den Vasen verstrocknenden Blumen, dem Rattengift unter den Schränken.

Ich war Selbstständiger in der Kulturindustrie, höchst ungewollt, doch mit Jonis anfeuernden Rufen und Pep-Talks baute ich mir brüchige Professionalitäts-Schichten auf. Der Preis dafür: schlechte Bezahlung, ständiger Druck, Angst. Es ging nur um Wissen, um Richtig und Falsch, nicht so sehr um Gut und Interessant. Und in vielen Fällen sollte man die Wahrheit zwar erkennen, dann aber doch an ihr vorbei schreiben, aus Rücksichtnahme auf Sammler, Künstler, Leihgeber, Museen, Chefredakteure. Als ich von einem Kunstmagazin kurzfristig nach Beirut geschickt wurde, bekam ich solche Bauchschmerzen, dass ich die stressigen Reisevorbereitungen fast ausschließlich vom Bett erledigte. Wie ein Kind kroch ich in eine Höhle aus Decken und Kissen, trank Kamillentee, machte mir Wärmflaschen. Ich hasste mich dafür, so schwach zu sein, versuchte das zu verstecken und meckerte herum. Wie schlecht bezahlt dieser Job nun wieder sei, wie stumpfsinnig auch. Meine damalige Freundin, die ich ihrer schönen Augen wegen »Frau Blau« nannte: »Sag mal, weißt du eigentlich, was du für ein Glück hast? Du wirst in den Libanon geflogen, um dir dort die Kunst anzuschauen, du übernachtest in einem Sternehotel, das ist doch großartig!«

Sie war der freundlichste Mensch, den man sich vorstellen kann, tauchte vor ihrem Fahrrad eine Fliege auf, wich sie aus; wenn sich jemand vordrängelte, legte sie nur den Kopf schief. Doch selbst sie verstand mich kaum. Ich saß zwischen zwei Stühlen, prügelte mich nach Beirut, nur um dann mittelmäßig zu sein, den Kopf unten zu halten. Ich machte mit, aber meckerte, anstatt einfach alles hinzuschmeißen oder voll und ganz anzunehmen.

Ich hatte Angst, zu versagen, etwas falsch zu machen. Keine Redaktion buchte mich für den Spottpreis von ein paar hundert Euro, auch später nicht für Mexiko, New York oder Los Angeles, weil sie sich für mich interessierte. Man buchte mich, weil ein Job erledigt werden musste und sie keinen anderen fanden. Ich hasste das, doch ich machte weiter, weil ich an der Idee festhalten wollte, Schriftsteller zu sein. Apropos, trauerspielverdächtige Kontakte in die Literaturwelt. Ein Kulturmanager und Herausgeber, dessen Namen ich mir nie merken wollte, sagte bei einem Treffen: »Sie sind ja ganz hübsch, aber nicht gerade ein Genie«; der Verleger mit den langen Haaren tat, als würde er sich für mein Schreiben interessieren, fand eher mein Gesicht gut – er warf mir auch vor, ein Feigling zu sein. Seine Haare waren so lang, dass sie hinter ihm auf dem Boden schleiften und er ständig mit Leuten in Streit geriet, die drauftraten. Ich wollte mich da nicht einmischen, ehrlich gesagt.

Nur Joni war für mich da, mit seinen ewig bunten Hemden, seinem Schmunzeln, seiner Unermüdlichkeit. Wie auf einem glänzenden Steg, gedanken- und gefühlssicher, ging er vorwärts. Er entschied, nicht das Kaputte in mir zu sehen, sondern das Heile, also meinen Willen zum Wort.

Mir wurde zum ersten Mal bewusst, wie mühelos er sich fortbewegte und wie mühsam ich durchs Leben stolperte. Ich befragte Roberto dazu, bei einem seiner Berlin-Besuche. Er lehrte, während er sich habilitierte, in Los Angeles an der Uni. Wir saßen im Hackbarths, der letzten normalen Kneipe in Mitte, ab 21 Uhr durfte man rauchen. Im Schimmer des goldenen Tresens legte Roberto mir seine Hand auf die Schulter, was er höchst selten machte. Mit dem Ausatmen des Zigarettenrauchs: »Ich glaube, du hast einfach mehr Konflikte als Joni.«

Weil er mein Freund war, sagte er es so, als sei es eine Auszeichnung. Wir beide wussten, es war ein dickes Problem.

Der Herbst, ein komisch warmer Oktober, läutete die dunkle Jahreszeit ein, die ich hasste. Mein Ende dreißig neigte sich der vierzig zu. Manchmal schreckte ich in dieser Zeit vom Sachtext-Schreiben auf, mir fiel ein Gedicht ein, anfallsartig, wie Husten, Gähnen.

»Alles muss
nichts kann
man schneidet sich durch eine
kaum sichtbare
Schicht, ein soziales Seidenpapier
jeden Tag
um zu atmen.
Besser wirds dann auch nicht mehr.«

Mit einem berühmten und klugen Weltklasse-Cellisten saß ich irgendwann bei dem Juweliers-Ehepaar Schlingelburg, um eine Art Werbetext für seinen Auftritt in ihrem Salon zu schreiben. Schon die Handbewegungen, dieses zarte weiße Wallen von Frau Schlingelburg: Ich wusste sofort, ich bin das schwächste Glied in der Kette. Während wir in den geschmackvollen Westberliner Räumen der Juweliere saßen, überlegte ich, ob meine Schuhe nicht für die hellen Teppiche zu schmutzig seien. Nagende Gedanken. Wenn ihr wüsstet, in was für einem Loch ich lebe! Ich war umgezogen, direkt zum U-Bahnhof Schönleinstraße, wo mir die Junkies jeden Tag vor die Haustür kotzten und kackten, im Hof schliefen. In meine Wohnung drang kein Sonnenstrahl, nur der nervenzehrende Lärm Kreuzbergs. Die gesamte Welt, so schien es, war auf mein Parterre in dem heruntergekommenen Bruno-Taut-Haus gestapelt. Bett, Schreibtisch und Wäscheständer kämpften immer noch, wie schon zu Studentenzeiten, um Platz in dem einen Zimmer. Meine Bücher, der einzige Schatz, waren in Baumarktregale geschichtet, das Badezimmer nicht viel breiter als siebzig Zentimeter; beugte ich mich mit dem Gesicht zum Waschbecken, stieß ich mit dem Po hinten an die Wand.

Hier saß ich nun bei den Schlingelburgs, mit gekämmten Haaren und einer fast heilen Jeans, verspannte meine Kiefermuskeln und konzipierte einen irrelevanten Text. Ich grinste, hielt den Atem an, dachte an Begriffe wie »networking« oder »soziales Kapital«, während ich den Bauch einzog und meine schwitzenden Achseln hinter einer angespannten Armhaltung versteckte. Die Küsse meiner Jugend, der bedeutungsvolle Schmerz der Liebe, der brennende Wunsch, als Schreibender das Leben zu verstehen – all das spürte ich nicht mehr. Ich flutschte durch Nadelöhre, die mir egal waren, kroch in von gleichgültigen Menschen besetzte Nischen. Ich war ein Ornament irgendwo ganz unten in der Ecke, während im Zentrum der Kunstwelt ein paar alte Frauen und Männer Geld und Macht verteilten. Verschwörungstheorie? Was sonst, mit sieben Gin Tonic im Magen und Minderwertigkeitsgefühlen im Herzen. Nach dem Cellokonzert, ein großer Erfolg, ein warmes Leuchten, ein Zähnezusammenbeißen für mich, ging es in ein Edelrestaurant. Die Beleuchtung servil, das Gläserklirren fein – beides Anzeichen für meinen bevorstehenden Absturz. In meinem ganzen Leben hatte ich noch kein solches Event nüchtern und ohne Angst absolviert. Dass es anders ging, gehen konnte, sah ich an meiner Freundin Lene. Sie leitete ein Auktionshaus, hatte dazu noch einen Kunstkiosk in einem öffentlichen Freibad gegründet. Manchmal wirkte sie klein wie ein Kind, dann wieder groß und damenhaft, immer in coolen eleganten Kleidern. Sie trank zwei Gläser Weißwein, sprach mit allen, versteckte weder Anspannung noch Freundlichkeit und ging um 22 Uhr nach Hause. Sie gab mir einen Kuss zum Abschied, im Spiegel am Eingang des Restaurants sah ich uns, sie mit roten Wangen, lächelnd, müde, auf dem Heimweg – ich daneben, klein und fett, statt eines Gesichts ein riesiger Eiterpickel, in den ich meinen Drink schüttete. Wie auf einem Gemälde von Herbert Volkmann, dachte ich, als sähe man nicht die Physiologie des Gesichts, sondern gleich die Abgründe der Seele.

Ich hatte gerade noch genug Zeit, der schönsten Kunstsammlerin Deutschlands irgendein viel zu persönliches, aufdringliches Lob an die dunklen Locken zu lallen und dem Cellisten ehrlich bewundernde Blicke zuzuwerfen, dann gingen bei mir die Lichter aus. Die Hälfte des Abends hatte ich ein Blackout, bis ich, nach Knutschereien mit einer Schauspielerin, in der Kreuzberger Absturzbar Schlawinchen landete.

Ein junger Mann, gerade aus seiner Wohnung geflogen, erkannte mich als Kumpan der Verzweiflung. Er bot mir Koks an. Wir spielten Kicker gegen Geflüchtete, die mich, meiner fluffigen Haare wegen, »Hollywood« nannten. Sie waren lustig und freundlich, trotzdem wollte mein Verzweiflungsfreund ständig eine Schlägerei mit ihnen anzetteln, weshalb ich ihn zum Bier einlud, an einen der schmuddeligen Tische drängte. Es wogte das Nachtleben. Laberbacken, Aufgedonnerte, Druffis wie wir. Ich verschwand mit dem Koks auf der Toilette. Als ich wieder an unseren Tisch kam, sagte der Mann gerade zu zwei gutaussehenden Touristinnen, die sich dazugesetzt hatten: »Schluss mit Smalltalk, ich will ficken!« Ich ließ den Kopf in beide Hände sinken, Dunkelheit umfing mich, »vom Regen in die Traufe und zurück«, was war das, war das ein Song? Ein Soundtrack? Ein Film? Gefühl, Gedanke, Furz?

Als ich den Kopf wieder hob, saß ich im Gebüsch des

Schlesischen Parks vor einem Gaskocher, stechend hell die Flamme. Ein Typ, den ich nicht kannte, bereitete einen Kamillentee zu. Neben mir lag ein Penner auf einer Isomatte und schnarchte, dazu lief Techno aus einem Kassettenrekorder. In der Hand, das sah ich jetzt verwundert, hielt ich ein Tütchen Kokain. Ich nahm sofort was davon, ebenso der Typ. Der Penner musste unser Schniefen gehört haben, er fuhr in die Höhe. Mit weit aufgerissenen Augen keuchte er: »Westbam!« Zuckendes Zurücksinken aufs Lager.

Das Straßenkoks, ein widerliches Dreckszeug, machte mich wach, nur damit ich den Kopfschmerz spürte, ein Drücken bis in die Wirbelsäule, und doch noch aufstehen konnte, um nach Hause zu gehen.

»Aber der Tee, dein Tee!« Zum ersten Mal sah ich mir den Typ genauer an, seine ungepflegten lockigen Haare, seinen stoppligen Bartwuchs. Wie er da mit großen Hundeaugen auf dem Boden hockte, zu schlapp zum Aufstehen, zu nervös zum Schlafen, so dumm wie ich.

Tagelang fühlte ich mich vergiftet, so war es jetzt immer nach dem Drogennehmen, mein Körper vertrug das Zeug nicht mehr. Es gelang mir trotzdem, das Ganze halbwegs vor meiner Freundin zu verstecken, da ich allein wohnte und eh viel Zeit für mich brauchte. »Bisschen Kopfschmerzen, muss arbeiten.« Dabei lag ich nur im Bett und schaute zum vierten Mal *The Wire*, alle fünf Staffeln hintereinanderweg. So wollte ich schreiben können, wie David Simon, ein realistisches Epos, ins Herz der Zivilisation treffend. Stattdessen nur Gejammer.

Meine Kissen rochen nach Versager, in meinem schrottigen Kühlschrank lag von neulich ein Salamibrot. Ich hatte niemandem mehr etwas zu sagen, meine Freunde waren entweder Rauschkomplizen oder ich verheimlichte ihnen meinen Zustand. Ich glaubte immer noch, mein Denken würde mich schon durch die Welt tragen und dass ich als Kopfmensch Gedanken nicht von Gefühlen unterscheiden müsse.

Langsam fiel mir auf, dass mir niemals jemand zustimmte. Dass ich Gedanken und Gefühle gleichsetzte, hatte in meinem Umfeld etwa den Status von Sätzen wie »was heißt denn Klimawandel, bei den Dinosauriern war es doch auch schon mal warm«. Alle hörten weg, schüttelten den Kopf, akzeptierten meine Marotte nur, weil sie mich mochten. Meine Freundin versuchte mir zu verklickern, dass mein emotionaler Fehlschluss vielleicht dafür verantwortlich sei, dass ich tagaus, tagein angespannt sei.

»Entspann dich doch mal«, sagte sie.

Ich gähnte. »Ist nicht Spannung besser als Entspannung?«

»Spannung ja, Anspannung nicht.« Missmutig blickte sie mich aus ihren hellen Augen an. »Und warum gähnst du eigentlich immer noch, du trinkst doch sieben Espressi pro Tag!?«

Ich hoffte, dass irgendetwas passieren würde, ein schicksalhafter Fingerzeig, an dem ich mich orientieren konnte. Mit meinem Kuratorenfreund Christian organisierte ich die Ausstellung *Everybody has a plan until they get punched in the face*, ein Zitat des Boxers Mike Tyson. Sehnte ich mich nach so einem Schlag? Ich sah nur, was ich kannte, tat nur, was ich zu können glaubte. Ich beobachtete meine Umwelt, verächtlich zumeist, und mir fiel auf, dass im Fitnessstudio keine Ächzer oder Stöhner mehr zu hören waren. Vor zwanzig Jahren, als ich gerade nach Berlin kam, stießen vor allem Männer, die großes Gewicht stemmten, diese Laute aus. Solche Pumper gab es immer noch, doch sie gaben keinen Pieps mehr von sich, während ihre Puls- und Stirnadern anschwollen, Rap durch ihre Kopfhörer ballerte. Lautlose Glotzer, Onanisten, Runterschlucker – wie ich. Ich rümpfte schon die Nase, wenn jemand auf dem Laufband etwas lauter atmete, fühlte meinen »personal space« bedrängt.

Meine winzige Wohnung wurde zu einer Höhle, die ich ungern verließ. Unrenoviert, wie sie war, lebte ich dort zur Untermiete, schon viele Jahre. Spinnenweben in den Ecken, Grauschleier auf den Fenstern und ein geordnetes Chaos, das nur zu meinem Leben passte. Ich schob es auf die Maße der Wohnung, siebenunddreißig Quadratmeter zum Wohnen und Arbeiten. Nachts, wenn Frau Blau auf meine Seite des Bettes rutschte, schob ich sie zurück.

»Ich brauche nachts meine Ruhe«, erklärte ich.

»Du brauchst immer deine Ruhe«, seufzte sie.

Am liebsten war ich unter freiem Himmel, im Schwimmbad bei meiner Freundin Lene und ihrem Kunstkiosk. Dort saß ich tagelang in der Sonne auf der Terrasse. Lene war auch die einzige Frau, mit der ich gut, weil brutal ehrlich, über Sex reden konnte. In ihrer Küche, wo es nur grüne Äpfel und Wodka aus dem Eisfach gab, hatten wir die offensten Gespräche geführt und völlig humorlos stellte sie mich einmal einer ihrer Freundinnen vor mit den Worten: »Der ist wirklich toll, aber aufpassen, er ist ein Ficker!«

Was für ein Wort und wie es meinen Stumpfsinn entlarvte! Ich beneidete meinen Freund Daniel darum, dass er das Romantische nie verloren hatte. Ganz selten kam er auch mal ins Schwimmbad, eigentlich war ihm das zu nackt, er legte sein Gefühl für Sexualität lieber in Gespräche, Freundschaften, tiefste Liebe. In Lieder und Gedichte. Er konnte singen wie ein Gott, machte es aber nicht für jeden. Schwarz seine Kleidung, hellblond das Haar, ewig abgelatschte Doc Martens. Keine Sekunde hatte er Geduld für Pornografie, auch nicht für Komödien. Als ich ihm einmal eine Folge der sterbenslustigen Serie *Modern Family* zeigte, starrte er mich entgeistert an.

»Welcher Penner hat eigentlich die Pointe erfunden, bestimmt irgend so ein antiker Philosoph«, sagte er – was ich, das erwähnte ich auch, für eine wirklich gute Pointe hielt. Doch er presste nur die Lippen zusammen, runzelte die Stirn. Über meine brennende Unterleibskälte, meine Körperfixierung, meine Verkrampfung floss seine Poesie wie ein spöttischer Gebirgsbach.

»mitsamt allem, hinein ins nichts
voll dunkel geschatteten lichts
zum feuer geliebte«

Während Daniel die Gitarre auspackte, ein paar Töne anschlug, keine Melodie, eher Geräusche, starrte ich in den Himmel. Ich schrieb an meinem Buch *Der Wolkensammler*, was mich ein bisschen entspannte, weil der Gegenstand so lieblich war. Wie gut es tat, nach oben zu blicken, über Wolkenformen und Himmelsphysik nachzudenken, Dinge, die zumeist wenig mit Menschen zu tun haben. Cumulus, Stratus, Zirrus, allein schon die lateinischen Bezeichnungen lenkten vom Alltag ab. Ich lechzte nach Hitze, saß so lange in der Schwimmbad-Helligkeit, bis mein Kopf rauschte und mein Blick trüb wurde. Glück war der taumelnde Moment eines leichten Sonnenstichs.

»Du hast dich vom Säugetier zum Reptil zurückentwickelt«, stellte Daniel fest, der mich aus dem Schatten beobachtete. »Jetzt noch schön zwölf Bier draufschütten und gar nichts mehr fühlen.«

»Nun mach schon endlich ein Lied draus«, riet ich, im Ohr das wolkige Rauschen. Da ging im Schwimmbad auch schon die von Lene organisierte Performance los, eine Art Opern-Ballett in Badeanzügen, das *The Gray Voice Ensemble* mit mehr als zwanzig Leuten, dazu hundert Zuschauer. Lärmende Hochstimmung, während ich abseits saß und meine Gedanken hütete.

Vielleicht hatte es etwas damit zu tun, dass ich für mein Wolkenbuch so viel in den Himmel blickte, mir so viele Gemälde anschaute, auf denen Engel und Götter in den Wolken erschienen. Mit Ende dreißig, ein Gewittertag im Spätsommer, gefährlich nah an meinem ungeliebten Geburtstag, fiel mir jedenfalls schlagartig etwas auf, als ich aus dem Fenster in meinen Kreuzberger Innenhof starrte, wo das Wasser aus verstopften Regenrinnen so wild an dem grau-braunen Bröckelputz runterlief, als wollte es ihn wegwaschen. Den größten Schock meines Lebens, den Tod meines Vaters, hatte ich haarsträubend einseitig bewertet. Aus irgendeinem Grund war ich davon ausgegangen, dass er das schlimmere Schicksal hatte als meine Mutter. Nur warum? Er war ein Schatten der Vergangenheit, ein starker Holzhacker, ein beliebter Lehrer, ein Vorbild, das keine Fehler mehr machen konnte. Das einzige feste Erinnerungsbild seines Gesichts war ein breites Lachen. Meine Mutter hatte es viel schwerer gehabt, blieb mit vier Kindern auf der Erde sitzen, musste sich mit Demut, Unordnung und Schokolade durchschlagen. Von meinem Vater erinnerte ich nur das Lachen, bei ihr vergaß ich die Jahre der stummen Trauer und Verzweiflung nicht, die Blässe ihres vom Jenseits berührten Gesichts, dort im Hausflur im Februar 1988, als sie uns erzählen musste, dass er gestorben war. Die Kälte von Tod und Angst, ich spürte sie in mir, die kühle nasse Luft von draußen wehte mich an, ein Herbstvorbote. Wenn in ein paar Tagen mein Geburtstag kam, würde ich älter sein, als mein Vater gewesen war.

Ich rief meine Mutter nicht an, um ihr das zu erzählen, mich zu entschuldigen für meine Ignoranz. Bei allen Anläufen, mit ihr über Papa zu sprechen, war ich gescheitert. Nur einmal hatte sie laut geschluchzt, war von ihrem Sessel aufgesprungen und in der Küche verschwunden, »Kaffee machen«. Ein einziger Schluchzer! Dann wieder stoische norddeutsche Stille.

Ich war zaghaft, feige. So wühlte die neue Erkenntnis mich zwar auf, veränderte jedoch nicht mein Leben. Ich setzte mich in meiner Küche an den Sperrmüll-Tisch und schrieb, während ein Junkie, der im Hof Unterschlupf suchte, ein bisschen im Altglas wühlte …

»Georg Simmel, einer der Gründungsväter der deutschen Soziologie, der Erforschung sozialen Verhaltens, geht im Himmel auf und ab. Er kann es immer noch nicht fassen, obwohl schon mehr als hundert Jahre tot, dass er hier gelandet ist. ›Es gibt doch gar keinen Himmel‹, murmelt er. Doch dann muss er einem vorbeifliegenden Engel ausweichen. Der Engel: ›Nun kuck doch nicht immer so vornehm, Herr Doktor!‹ Simmel kichert und der Engel auch. Wie Glasglocken klingt es durch den Äther.

Simmel ist auf dem Weg zu seinem Lieblingsplatz, von dort kann er gut auf die Erde blicken. Oft schon hat er versucht, bei Gott vorzusprechen und ihm, die Menschen betreffend, ein paar Fakten beizubringen. Gott hört nie zu, bleibt seinem Chaos-Kurs treu, der besagt, der Mensch müsse dort unten allein zurechtkommen. Gott zeichnet bei dem Wort ›zurechtkommen‹ immer lässige Anführungszeichen in die Luft, sogenannte *air quotes*, was Simmel komplett fertigmacht. ›Jetzt haben sie auch noch Tinder erfunden‹, hat er neulich verzweifelt ausgerufen. Gott schaute nur auf sein Telefon, nickte, grinste, swipte. Manchmal glaubt Simmel, er habe seine Treffen mit dem Allermächtigsten nur geträumt, so absurd sind sie.

Kann man im Himmel träumen? Das überlegt der weise Soziologe, wobei ihm solche Gedanken letztlich zu luftig sind. Er ist bei seinem Lieblingsplatz angekommen, ein weicher Wolkensitz, schaut auf die Erde hinab – er sieht einen weinenden Mann in den mittleren Jahren, auf einem unordentlichen Bett. Simmel ist nah an dem Mann dran, an den verheulten grünen Augen und den symmetrischen Kieferknochen, die selbst in der Verzweiflung noch anständig aussehen. Der Mann schlägt die Hände vors Gesicht, man sieht ungeschnittene Fingernägel.

›Aha, jaja!‹ Simmel weiß sofort, dass der Mann weint, weil er Unglück in der Liebe verspürt.

›He, Sie! Hallo, nicht mehr ganz so junger Mann! Es geht nicht um den Austausch von *Wert*, sondern um den *Austausch* von Wert‹, ruft Simmel! ›Liebe an sich ist genug, es muss nicht eine bestimmte Liebe sein!‹

Er wirft dem Mann, damit er das begreife, ein paar gute soziologische Texte runter. Nur hat Gott, dieser Wahnsinnige, dafür gesorgt, dass es – Ausnahmen sind die Seelen – keine direkte Lieferung vom Himmel zur Erde geben kann. Stets passieren eklatante Übertragungsfehler. So kommt bei dem Weinenden kein Buch an, es donnert eine Amsel dermaßen laut gegen sein Zimmerfenster, dass er aufschreckt. Der benommene Vogel bleibt vorm Fenster am Boden liegen. Der Mann läuft hinaus, hebt ihn auf und wärmt ihn in der Hand, bis er wieder zu sich kommt und davonzetert.

Simmel seufzt. Er nimmt einen himmlischen Stift zur Hand und schreibt, einfach um nicht einzurosten. Wobei der Leser jetzt natürlich vorsichtig sein muss, denn da es keine direkte Übertragung vom Himmel zur Erde gibt, könnte es sein, dass Simmel einen ganz anderen als den folgenden Titel notiert hat: ›Sozialwissenschaft der Seele‹.«

Ich schrieb solche Petitessen, ein ganz ferner, verklausulierter Reflex auf mein Gefühlsleben, stolz machte mich vor allem das Wort- und Bedeutungsungetüm »Sozialwissenschaft der Seele«. Ich schrieb auch Science-Fiction, inspiriert von Mark von Schlegells *Venusia*, meinem Lieblingsbuch damals. Ich liebte es, darüber nachzudenken, was sein *könnte*, es lenkte vom Was-Ist ab. Ich hatte Mark, einen witzigen, ganz in sich versunkenen Schriftsteller, einige Male getroffen. Er musterte mich immer wieder eindringlich.

»I dont know, I get the feeling you are an actor«, sagte er.

Ich, der ich vor jeder kleinen semi-öffentlichen Situation fast vor Aufregung starb, ein Schauspieler? Ich hatte nur gönnerhaft gelacht. Langsam verstand ich, was er mit seiner Beobachtung gemeint haben könnte. Ich spielte den Leuten etwas vor, verbarg mein Inneres. Wer würde das auch sehen wollen? An dem Gemäuer meiner Behausung klebten vergangene Existenzen, trotzdem kam mir die Welt viel zu nahe, während sich das Universum entfernte. Sozialekel hier, kosmische Sinnlosigkeit dort. Was ich früher beim Basketball und jetzt beim Tennis ganz gut konnte, einen definierten Raum beherrschen, gelang mir im Leben nicht.

Ich war fast vierzig und hatte mir noch nie eine Wohnung eingerichtet. Ich lebte, als gehörte ich nicht dazu. Ich hatte immer geglaubt, meine Mutter stünde mit einem Bein im Himmel. Offenbar galt das eher für mich – das andere Bein rutschte in einem unausgepackten Umzugskarton herum.

Dann verschwanden die Träume, ein schleichender Prozess. Erst verblassten kleine Wunschvorstellungen von Virtuosität, Popstar-Bühnenauftritten oder Lottogewinnen, dann Träume von liebevoller Zweisamkeit auf dem Land mit einem Gemüsegarten und viel Ruhe. Schließlich konnte ich mir nicht einmal im Schlaf mehr vorstellen, der Welt etwas zu sagen zu haben. Die Großstadtwirklichkeit der Menschen und Dinge beengte mich, die kargen Geldgedanken, die Sorgen. Wenn man nicht mehr träumt, ist alles Pflicht. Also trennte ich mich von Frau Blau, diesem gutherzigen Menschen, dieser – Moment mal, welche Freundin? Die dritte, siebte, zehnte, achtundzwanzigste? Meine Tränen bitter und routiniert, voll Selbstmitleid. Vielleicht hörte ich einen kitschigen Song, um die Trauer anzufachen, Madonnas *The Power of Goodbye.*

Rückenschmerzen, Bauchschmerzen, sportliche Misere. Von Mitte dreißig an wollte mein Körper nicht mehr so, wie er sollte. Die Schmerzen im linken Hüft-Bein-Bereich wurden immer stärker: wahrscheinlich der Psoas, der Stress- und Seelenmuskel, bei Angst und Anspannung daueraktiviert, so meine Osteopathin. Sie sagte auch: »Wir werden alle nicht jünger.« Die perfekte Diagnose fürs Rumliegen. Highlight-Videos auf YouTube glotzen, Steph Curry, Chef Curry, Kochvideos, süchtig sein nach Rezepten, die ich nie zubereiten würde. Fremde Köche zerhackten fremden Lauch, dass man das Messer auf dem Brett schaben hörte. Ich dachte über das Wort »runterschneiden« nach, »schneiden Sie die Zwiebel jetzt einfach runter«, wie dumm, wie quatschig, denn da es in der Küche keine Technik des »Hochschneidens« gab, sollte das simple »schneiden« doch ausreichen. Hauptsache glotzen, irgendwas denken. Ich wollte das Bild von dem verzweifelten Gesicht meiner Freundin bei der Trennung loswerden. Es ging mir nicht aus dem Kopf, quälte mich täglich, weil ich Mitleid mit ihr verspürte, so glaubte ich. In Wirklichkeit spiegelte sich in ihrer Verzweiflung meine eigene. Ihr trauerndes Gesicht zeigte mir, was ich geheim halten wollte: dass ich am Ende war. Mir doch egal, ob ich starb oder lebte – dieser Gedanke nicht mutig oder wild, sondern schmierig, weinerlich. Drogendenken.

Meine besten Freunde waren Old Bitch und Crazy Joe. Ich spielte stundenlang mit ihnen Poker, nachts in meiner engen Küche. Ich hielt die Luft an, horchte mit hämmerndem Herzen in den Hof, das Getrampel im Hausflur, Schritte in meinem Kopf. Es war sechs Uhr morgens, Koks weggemacht, Rotwein und Zigaretten auch, Old Bitch und Crazy Joe zwei leblose Charaktere eines Online-Pokerspiels. »Hahaha, I win« oder »good job, you bastard«, mehr gaben sie nicht von sich.

Ich schämte mich, schon in dasselbe Loch gefallen zu sein, konnte kaum über die Trennung von Frau Blau sprechen. Meinen Freunden Roberto und Niki ging es ähnlich. Sie hatten sie schon zu oft mit mir erlebt, diese seltsame Jahreszeit, in der alle zwei oder drei Jahre die Äpfel an den Bäumen verfaulten.

Vor allem fürchtete ich jedes Mal, meine Mutter zu enttäuschen, diese radikale Romantikerin, diese Madonna der Liebe, die auf ewig an ihrem ersten und einzigen Mann festhielt, über den Tod hinaus. Doch sie reagierte gelassen auf mein Beziehungsscheitern. »Dann ist es halt so« oder »es hält so lange, wie es halten soll«, sagte sie, entweder schicksalsergeben oder innerlich abwesend, ich konnte das nie so ganz unterscheiden. Ich arbeitete gerade an einer Monografie über den dänischen Künstler Janus la Cour, genannt »Maler der Stille«, ein leicht menschenfeindlicher Eigenbrötler aus dem 19. Jahrhundert, der am liebsten, über Jahrzehnte und in Serie, menschenleere Strände, Berge, Wälder und Steinlandschaften malte. Warum faszinierte mich diese stoische Stille so sehr, wegen meiner Mutter – oder doch eher wegen mir?

Mit blinzelnden Augen und verzerrten Wangen, als erwarte ich einen Fausthieb ins Gesicht, kam mein vierzigster Geburtstag. Wie tot fühle ich mich, wie lange noch aushalten, was soll das alles? Mit diesen Gedanken gratulierte ich mir, ein einsames, unfestliches Spazieren durchs September-Berlin, ein Schwimmengehen ohne Freunde; ich hatte meinen Geburtstag so lange erfolgreich ignoriert, dass ihn mittlerweile sogar Roberto vergaß – er rief mich zwei Tage zu spät an. »Boah, sorry, alles Gute! Jetzt sind wir vierzig, kann ja nicht mehr schlimmer werden.«

»Was ich noch fragen wollte«, sagte ich, »kennst du eigentlich einen guten Orthopäden? Mir zieht es so hinten im Rücken.«

Beim Lachen verschluckte Roberto sich und musste husten, was mehr Gelächter provozierte. Er hatte mittlerweile einen Sohn, habilitierte sich. Ich war nach wie vor im Stress unsicherer Erwerbsarbeit, hatte aber eine neue Frau an meiner Seite. Henrika. Wir kannten uns von früher aus dem Nachtleben, sie damals eine Rakete, in zwei Richtungen fliegend, die ich nie im Leben angesprochen hätte. Jetzt schien sie ruhiger zu sein, liebte Spaziergänge auf dem Friedhof, Kaffee und Kuchen. Ihre fürchterliche Familiengeschichte ließ meine fast entspannt wirken, vor allem weckte diese reife Frau in mir die Hoffnung, dass man vielleicht doch, mit allen Gefährdungen und Macken, einfach nebeneinander leben könnte, gemeinsam.

Sie hatte eine jugendliche Tochter mit Behinderung und einen erwachsenen Sohn, hatte schon einen Entzug hinter sich und ein Herz voller Chaos und Weisheiten. Sie roch wie der Sommer, zitronig salzig, und küsste wie eine Königin.

Die will ich heiraten, dachte ich, als ich sie, auf einer spirituell angehauchten Nüchtern-Party, das erste Mal tanzen sah. Sie sprach viel über Gefühle, zunehmend besorgt. Meine Theorie von der Einheit der Gedanken und Emotionen fand sie katastrophal, was auch daran lag, dass Theorien sie kalt ließen und sie generell nicht die beste Zuhörerin war. Worte interessierten sie bedingt, sie achtete auf Aura, Stimmung, Ausstrahlung. Sie meinte, dass ich meine Gefühle in imaginäre Einmachgläser steckte und den Deckel drauf machte. Ich wollte das gerne glauben, nur wie ich es ändern sollte, das wusste ich trotz ihrer Hinweise nicht. Ab und zu erlaubte ich mir ein Besäufnis und ein bisschen Koks, ab und zu kam das jede Woche vor, aber weniger wild als früher.

»Gefühle sind zum Fühlen da, mit Drogen macht man sie meistens weg.« Henrika legte mit grazil tätowierten Mädchenhänden Tarot-Karten und brannte Weihrauch ab, in ihrer bunten verspielten Küche, in der dreißig Pflanzen standen und ebenso viele Kerzen. Direkt neben ihrem Blumenmuster-Sofa reckte eine Monstera wedelförmige Blätter in den Raum. Wenn ich lange genug hinschaute, hatte ich den Eindruck, sie würden sich leicht bewegen.

»Glaubst du, dass Pflanzen Gefühle haben?«, fragte ich. Sie nickte, warf mehr Weihrauch auf die in einer Schale entfachte Glut. Der Duft erinnerte mich an meine Kindheit, an die Gläubigkeit meiner Mutter. Ich wollte mich öffnen, doch meine Gedanken wanderten ständig in eine andere Richtung …

»Wie soll ich dich verzaubern, wenn du nicht anwesend bist!« Henrika verzog ihren Schmollmund, was sie gleichzeitig aussehen ließ wie eine Diva und ein trauriger Clown.

Mit ihren Küssen kehrte, ganz schüchtern, ein kleiner Traum zurück, von einer Wohnung, wo Schreibtisch und Bett getrennte Zimmer haben und abends ein lieber Mensch da ist zum Tomatenschneiden, Loslabern, Knutschen.

Was mir zusätzlich gute Laune machte: Ich half bei der *Schlange im Wolfspelz*, dem Opus Magnum des Stilkritikers Michael Maar. Ihn in seiner Charlottenburger Gelehrtenwohnung der stilvollen Teppiche und raschelnden Bücher zu besuchen, war eine Erholung. Kirschholzfarben die Bücherregale, alt das Leder der Sessel. Micha trug immer Sakko und Weste, sein Haar grau-schwarz, sein Lächeln schief, wie bei einem Buben. Tagelang, wochenlang saß er einfach auf dem Balkon und las und schrieb. Diese unendliche Geduld für die Literatur zeigte mir, wo mein Herz hingehörte. Mir fiel auf, wie selten ich überhaupt noch in Büchern versank. Ich las quer, diagonal, rein, runter – bewerten, abwerten, »kontrollieren«, so hatte Rainald Goetz das mal genannt. Zum Eintauchen war ich zu nervös.

In einem der kommenden Frühlingsmonate, die Helligkeit war schon da und auch noch die Kälte, kippte eine Bekannte von mir nach einem Arbeitstreffen einfach um. Auf der Straße, neben dem gelben Pfahl einer stillgelegten Bushaltestelle. Von einer Sekunde auf die andere, ohne Vorwarnung. Sie lag so regungslos am Boden wie ein leerer Mantel, ganz stumpf ihre Augen – ich, direkt über sie gebeugt, sah das Licht darin verlöschen. Für einen kurzen Moment ging sie über ins Land des Todes. Sie kehrte zurück, auch dank der panisch gerufenen Sanitäter. Sie hatte eine Herzschwäche, man würde es wieder in den Griff kriegen, hieß es. Ich wirkte ruhig nach außen, war innerlich so schockiert, dass mir das Atmen schwerfiel. Stundenlang standen mir Tränen in den Augen, ohne zu fließen.

Abends betrank ich mich und rief meinen Intimus an, den Taxifahrer. Als er mich mit meinen roten Augen im Hof stehen sah, fragte er: »Was los, Bruda?«

»Gerade ist eine Bekannte von mir fast gestorben.« Ich reichte ihm das Geld, nahm das Koks.

»Kein Scheiß«, meinte er, »so schnell kann's gehen.« Dann machte er sich auf leisen Turnschuhsohlen davon, ich wieder allein in dem Hof, der nach dem Urin unglücklicher Menschen stank.

Vielleicht zwischen der siebten und der zwölften Pulverportion, spürte ich mein Herz in der Brust hämmern, ich nahm einen kräftigen Schluck Schnaps, um es zu beruhigen. Düster die Wohnung, Wände aus schwarzer Watte. In meinem Inneren, das spürte ich durch die Betäubung, gab es ein wimmerndes heulendes Geräusch, als würde das unter Spannung stehende Eis auf einem gefrorenen See Risse bekommen.

VI.
DIE ANGST

Meine Gefühle sind ein Meer, tief und mit hohen Wellen aus schwarz-grünem Wasser, wie vom Grund angestrahlt. Eine Möwe stürzt kreischend vom Himmel, als wollte sie die Schaumkrone durchstoßen, weicht im letzten Moment aus, schnellt wieder nach oben. Hoch, höher steigt die Woge, um dann, ohne zu brechen, vorwärts in die Breite zu walzen. Dahinter der Umriss eines Schiffs, ein weißer taumelnder Fleck in der Dunkelheit, von der nächsten heranrollenden Welle erfasst – sie schlägt, wie alle anderen auch, gegen eine unsichtbare Mauer aus Anspannung, eingesperrt in den Bilderrahmen einer Miniaturlandschaft. Irgendwo in meinem Kopf, meinem Bauch, irgendwo in der Seele, zieht sich das Wasser zurück, rennt erneut gegen den gespannten Rahmen an, unermüdlich. Wenn die Gefühlswellen größer werden, spanne ich mehr und noch mehr, immer weiter, ein verzweifelter Versuch, die Kontrolle zu behalten. Jetzt, mit zweiundvierzig, geht mir die Kraft aus. Der Rahmen zerspringt, das zum Bild verkleinerte Gefühlsmeer wird Wirklichkeit.

Meine erste Panikattacke überkam mich so heftig, dass meine Därme weich und mein Gehirn zu Matsch wurden, innerhalb von Sekunden. Eine Welle der Angst, die alles überflutete. Sie kam aus dem harten verkrampften Punkt in meinem Bauch, dem verkrampften Zwerchfell, diesem komischen Muskel zwischen Herz und Innereien, der eher ein Flügel ist. Die Angstwelle stürzte aus kokain-überreizten synaptischen Spalten im Hirn, lauerte in dem Schock über den Beinahe-Tod meiner Bekannten.

Die Panikwelle hatte sich aufgebaut, wie Wellen das so tun, und dann, als sie ihre volle Größe erreichte, brach sie und schleuderte mich von innen heraus zu Boden. Mühsam versuchte ich, mich zu berappeln und einen Ausweg zu finden, auch aus dem bildlichen Sprechen, ein Zeichen des Schocks, der Überforderung. Ich war ja nicht am Meer, noch nicht einmal am Wasser, ich lag auf einer grauen Yoga-Matte auf dem Boden meines Zimmers, in meiner höhlenartigen Wohnung, die sich nicht sicher anfühlte. Ich horchte in mich hinein, ängstlich, das Echo der Panikwelle, ein hässlich schwacher Herzschlag, Nervenflattern. Meine Therapeutin meinte, es sei nicht gut, so reinzuhorchen, das würde den Kreislauf der Angst immer wieder in Gang bringen. Immerhin, ich hatte jetzt eine Therapeutin.

Als die erste Panikattacke kam, ein innerlicher Tsunami, von einem im Verborgenen stattfindenden Seebeben ausgelöst, so perfide, so fein, dass keine Richterskala es je erfassen würde, und doch stark und bösartig: Als ich meine erste Panikattacke hatte, in einem Westberliner Restaurant, eine Journalisten-Freundin und ein Steak vor mir, da war ich so allein wie nie zuvor in meinem Leben.

»Mir geht es nicht gut«, sagte ich, sprang auf, rannte aus dem Restaurant. Ich dachte, dass ich einen Herzinfarkt habe und sterben muss, obwohl doch nichts geklärt, die ganze Unordnung noch da war. Wusste meine Mutter, wie sehr ich sie liebte und verstand, wie bescheuert das ewige Schweigen und Runterschlucken war? Durfte ich daran glauben, meinen Vater im Himmel wiederzusehen, oder sollte ich lieber hoffen, dass er die ganze Scheiße hier nicht von oben mit ansehen musste und ich einfach im Nichts vergehen würde wie er? Und wenn es keinen Gott gab, warum sagte ich mir das immer wieder vor wie ein Gebet?

An diesem Abend, nach einem sturmflutenden Lauf durch dunkle, expressionistisch spitze Berliner Straßen, wo alle Leute mich anglotzten, meine Monstrosität sahen, so glaubte ich, und nicht halfen, nicht lächelten, rief ich das erste Mal einen Krankenwagen – für mich.

Alle Werte normal, so die Sanitäter. Mich beruhigte das kaum. Ich konnte der Angst nicht entkommen, sie war überall. Als hätte man schwarze Tinte in meine Wahrnehmung gespritzt, die sich in bedrohlichen Strudeln dunkel und rasend schnell verteilte, überfiel sie mich. Mein Tod wartete auf mich, ich hörte, wie er seine Sichel wetzte, ein schrilles Fiepen in den Ohren. Alles unnormal: Atem, Herzschlag, die Schmerzen im rechten Bein, in meinem Bauch, Kopf. Meine Arme hingen wie Würste am Körper. Ich sah die Hände wie in einem Ego-Shooter-Computerspiel, nur eiskalt, schwitzend, ohne Waffe.

Meine Therapeutin, jünger als ich, sah fast immer amüsiert aus, da eine ihrer Augenbrauen etwas schwungvoller nach oben ging als die andere. Das half. Sie trug Jeans und Pullover, legte ihre Akten gerne auf den Fußboden, die Bilder in dem Zimmer der Gemeinschaftspraxis freundlicher Entspannungskitsch. Ich sah das alles, obwohl sich meine Welt verändert hatte. Sie schwankte, mir war schwindelig, von morgens bis abends. Alles ängstigte mich, zu viel Licht, zu viel Nacht, zu viel Tag, zu viel Therapie. Ich schleppte mich zu den Sitzungen, als ginge es einem Todesurteil entgegen, die Bahnfahrten, die stumpfen Glotzaugen der Masse, permanente Angriffe auf meine Seele. Ich traute mich kaum, einzuschlafen, weil fest überzeugt, dass ich nicht wieder erwachen würde. Mein Bewusstsein meldete Daueralarm, das bedeutete, es wurde als gefährlich eingestuft, aus dem Bett aufzustehen, in die Küche zu gehen, aber auch, im Bett zu bleiben, nicht in die Küche zu gehen. Zu viel atmen: Gefahr. Zu wenig atmen: Gefahr. Die Angst das einzige Gefühl, das ich noch spürte. Aufregung, Anspannung, Ekel, Abneigung und sogar Freude – alles zu diesem einen Furcht-Akkord verhärtet.

Es dauerte mehrere Sitzungen, Wochen, bis überhaupt die Grundlagen für den verhaltenstherapeutischen Ansatz geklärt waren. »Panikstörung mit rezidivierender leichter Depression«, dazu starke Ausläufer in eine »generalisierte Angststörung«, so die Diagnose. Die Therapeutin erklärte mir den Teufelskreis dieser Krankheit, zeichnete ihn an ihr Whiteboard. Durch imaginäre Angst spüren wir reale Symptome wie Herzrasen, Atemnot und so weiter, die dann wiederum dem Bewusstsein als Beweis dafür dienen, dass etwas Schlimmes ansteht und so weiter, und so weiter, und so weiter. Ich erinnerte mich an meinen Kindheits-Alptraum vom Riesen, der die Treppen unseres Hauses hoch und runter zu rennen schien, wobei ich als Beleg für die Wirklichkeit der drohenden Riesen-Schritte nur meinen eigenen beschleunigten Herzschlag gehört hatte.

Ich erzählte meiner Therapeutin von dem Alptraum. Ich erzählte ihr mein Leben, Stück für Stück. Sie hörte mir zu, stundenlang, in der linken Hand einen extragroßen Cappuccino, in der rechten einen Stift für Notizen. Ihre kurzen Gefühlsausdrucke begleiteten meine Erzählung, ganz direkt und ungefiltert. Empathie, Entsetzen, Ärger, sogar Ratlosigkeit. Und dann begleitete die Therapeutin mich ins Fitnessstudio, eine sogenannte Exposition, wo man sich der Angst stellt. Auf dem Laufband brachte ich mein Herz auf 180 Schläge pro Minute und spürte, dass das kein Problem war, es sogar, wie gesunde Herzen, rasch wieder in einen normalen Takt fiel. Doch solche einfachen Erkenntnisse mit direkter Wirkung waren selten, die Angst durchlöcherte meine Welt mit schwarzen Panik-Stacheln.

»Zwei Dinge«, so meine Therapeutin, »machen Ihnen das Leben so schwer. Ein extrem negatives Selbst- und Weltbild. Und dann die Scham.«

»Scham?« Ich wusste nicht, was sie meinte.

»Sie schämen sich für ihre Herkunft aus der Unordnung. Sie schämen sich für das Leid, dass sie erfahren haben, Sie schämen sich, ein Opfer zu sein. Und Sie schämen sich für das Chaos in Ihrem Inneren. Sie verstecken das die ganze Zeit, das erzeugt eine ungeheure Anspannung. Stress, wie man heute sagt.«

Wie passend, dass in diesem Unordnungsexzess der Auslöser der Panik oft unklar blieb. Herzwahrnehmung, Luft im Bauch, soziale Situationen, die mir immer schon unangenehm waren, unterdrückte Gefühle, depressive Verhaltensmuster, Gedanken an berufliches und soziales Scheitern und jetzt auch wieder Gedanken ans Sterben. Mir wurde klar, wie lange ich den Tod verdrängt hatte und was in der letzten Zeit alles passiert war. Nicht nur der Zusammenbruch meiner Bekannten, auch Joni hatte vor wenigen Monaten einen Schlaganfall erlitten, war gerade nochmal davongekommen.

Ich erzählte meiner Therapeutin davon, sie nickte zwar, bat mich jedoch, bei mir zu bleiben. »Überlegen Sie lieber, was Stress für Körper und Psyche bei Ihnen ganz konkret bedeutet. Zum Beispiel dürfen Sie nie wieder Kokain nehmen oder kiffen«, sagte sie. »Nie wieder!«

Zum ersten Mal seit zwanzig Jahren kam mir diese Idee verlockend vor.

Henrika, selbst durch Krisen gegangen, war nicht schockiert über den Riss, der in meiner Psyche auftauchte. Sie brachte mir heilende Düfte, magische Steine und Kerzen. In ihren warmen Armen fühlte ich mich fast sicher, neben ihr traute ich mich manchmal, ruhig zu schlafen. Sie schenkte mir Hausschuhe, um den kühlen Abend zu überstehen, schmierte Tigerbalsam auf meinen verspannten Hinterkopf. Ihre Küche mit den vielen Pflanzen war für mich in dieser Zeit ein sicherer Ort.

Ich versuchte, über meine Gefühle zu sprechen. Elendig mühsam.

»Therapie ist harte Arbeit«, erklärte Henrika.

»Merke ich auch gerade!«

Meine frühere Vereisungs-Masche funktionierte nicht mehr. Sobald die kleinste emotionale Unstimmigkeit in mir, meinem Gegenüber oder zwischen uns auftauchte und nicht adressiert wurde, stieg das Panikgefühl rasant, ein Thermometer der Unterdrückung.

Auch auf meine Gedanken musste ich achten, jahrzehntelang hatte sich in die tägliche Kopfarbeit des Schreibens, Lesens und Recherchierens eine Reflexions-Spirale eingeschaltet, immer wieder, die mich zweifeln ließ, von kleinen Minderwertigkeitsgefühlen zu Selbsthass führte. Ich war brav mitgelaufen, obwohl es die Anspannung vermehrt hatte.

Zu Hause, wenn ich mich einigermaßen gut fühlte, durchsuchte ich alte Texte nach Anzeichen für Angst und Panik. Mit siebzehn hatte ich geschrieben:

»Lautlose Panik
Mutloses, kraftloses, lautloses
Anhalten des Atems
– er ist zu nichtig –
So wie ich selbst es bin
Mittagshitze und Mitternachtsfrost
Zerfließen in mir zur selben
Beklommenheit, vielleicht der
Name für dieses Gefühl
Keine Sehnsucht nach Tod und nach Leben
beides verspricht kein Ende
des Nichtigseins.«

Mit vierunddreißig, aus einem meiner wenigen publizierten Erzähltexte: »Das ist die Angst: Oft wünsche ich mir, gar nicht berührt zu werden, damit ich nicht (schleichend) mich daran gewöhne und dann die Einsamkeit umso deutlicher wird.«

Mit siebenunddreißig, auf einer Kunstreise durch Dänemark mit Joni: »Ich bin oft schlecht gelaunt, weil das die Trauer abschirmt. Ich habe Angst vor echter Trauer. Die geht an den

Rand des Todes (so fiel es mir im Café des Statens Museum in Kopenhagen ein).«

Irgendwann Ende der Dreißiger, in einem Romanfragment:

»Das ist die innere Dramaturgie des Helden bei mir, dieses Leben auf der Grenze zur Unordnung, ohne die Grenze je in eine Richtung zu überschreiten. Der Held ist nicht bei den Underdogs und er ist nicht normal.«

Mit neununddreißig: »Ich habe immer Angst, irgendwo wegzugehen, immer Angst, irgendwo anzukommen. Was ist der evolutionsbiologische Zweck der Trauer? Die Schwachen von den Starken trennen? Könnte schon sein. Dann wäre Trauer nicht etwas, das schwach macht, sondern nur ein Zeichen von Schwäche. Oder die Trauer hat sich verselbstständigt, wird biologisch unnütz beziehungsweise pathologisch, weil sie wie ein Geschwür wuchert.«

Im gleichen Jahr aus einem Liebesgedicht für Frau Blau: »Angst vor Liebe, die schlimmste Sünde.«

Und jetzt, schon mitten in der Panikstörung:

»Wie wenig ich hier aufschreibe über meine Angst. Angst ist unpoetisch. Wobei, neulich beim Schwimmen, als ich bei jeder Bahn, jeder einzelnen verfickten Bahn dachte, oh, jetzt sterbe ich, jetzt ist wirklich was nicht mehr in Ordnung mit meinem Herzen, da hat mir der Gedanke geholfen: mach ein Buch draus. *Siebzehn Monate Panik mit Simon Elson.*«

Als ich das meiner Therapeutin vorlas, hob sich ihre freundliche Augenbraue.

»Man hätte die Panikstörung kommen sehen können«, stellte sie fest.

»Fast alle Künstler und Literaten haben einen an der Waffel«, entgegnete ich. Was sollte das sein, Erklärung, Entschuldigung? Meine Therapeutin warf es gleich über den Haufen.

»Was glauben Sie, wann diese Gefühlslage anfing«, fragte sie, »das negative Selbstbild, die Angst und die Unterdrückung dieses Gefühls. Seit wann glauben Sie denn, ›einen an der Waffel‹ zu haben, nicht ›richtig‹ zu sein?«

Ich traute mich nicht, zu antworten, ein Schamgefühl, das peinlich peinigend Offensichtliche zu sagen, entblößt zu werden, zurückgeworfen auf das, was einem schmerzlich fehlte. Wie viele Filme hatte ich darüber gesehen, wie viele Bücher gelesen, nichts davon hatte geholfen, mich geöffnet, alles war nur zu einer weiteren dünnen Schicht geronnen, die mich von meinem wahren Gefühl trennte. Ich konnte genialisch darüber nachdenken, wer ich war, konnte Theorien aufstellen über das Leben, das –

»Wo sind Sie da gerade?« Meine Therapeutin blickte mich neugierig an.

»Ich bin genau da«, antwortete ich, »wo ich am weitesten weg bin vom Tod meines Vaters.«

Sechs Monate verheimlichte ich meine Panikstörung vor fast allen Bekannten und Freunden, selbst Lene, Daniel, Roberto und Niki erzählte ich es spät. Ich versuchte, die Angst zu unterdrücken, wie früher. Eine fatale Sackgasse. Ich musste da raus.

Jonis Hawaiihemden wurden durch Thrombose-Strümpfe ergänzt, er war vier Zentimeter geschrumpft und schmaler geworden – ein seltsames Wunder, dass so ein starker Mensch wie er auch irgendwann alt wird.

»Ein richtiges Altchen bist du«, sagte ich.

Er lächelte. Seit seinem Schlaganfall lächelte er mehr und redete weniger. Meine Panik-Beichte entsetzte ihn, drei Tage war er verwirrt, dann wurde er aktiv. Er sprach mit allen darüber und las ein Buch über Angststörungen, obwohl es ihn viel Kraft kostete, das Lesen. Seit dem Schlag konnte er nur noch bei viel Licht und nur eine kurze Weile Buchstaben entziffern. Doch seine Meinungen waren stark wie eh und je. Als ich ihm mit Kulturtheorien zur German Angst kommen wollte und ihn fragte, ob wir nicht in Zeiten der Hemmung, der Unterdrückung lebten, schüttelte er energisch sein schütteres Haupt.

»Du vielleicht«, sagte er. Doch ihn hatte Angst die meiste Zeit seines Lebens nicht ausgezeichnet. Als offen homosexueller Zeitungsmann war ihm in den 1960ern postalisch ein Strick zugekommen mit der Aufforderung: »häng dich auf, du schwule Sau!« Ihn hatte das von gar nichts abgehalten, er war seinen Weg gegangen.

Auf Jonis Balkon, voller Blumen, konnte ich mich gut entspannen. Von warmen Lüften umspielt und immer eine Schale Vanilleeis griffbereit, wurde mir klar, dass ich innerlich ein Opa war. Mit Joni musste ich nichts erleben, durfte einfach sein, was ich bin: Schriftsteller. Seine gleichförmigen Großvater-Tage gefielen mir, man wusste immer, was kam, hatte Zeit für Gedanken, Gefühle, Erinnerungen, Gespräche. Nur wenn ich ihm meine Texte vorlas und er ein falsches

Wort oder eine falsche Schreibweise zu hören glaubte, schrillten wie früher die Alarmglocken. Der Zauber der Zeit hatte unsere Freundschaft berührt, ich sah einen Mann altern, vom Geistesimperator zum Genießer werden – »Geistes-Imperator dann aber bitte mit Trennstrich, nicht in einem Wort, das ist viel zu lang«, johlte Joni, »und überhaupt, was du da eben geschrieben hast, was heißt denn ›schütteres Haupt‹, ich habe eine Glatze!«

Ich musste an meinen Vater denken, diesen Mann, den ich gar nicht kannte, den ich nicht alt werden hatte sehen können, diesen Imperator der Abwesenheit. Ob ihn solche Worte interessiert hätten? Fast jeder Gedanke führte jetzt zu ihm. Und zu meiner Mutter.

Je älter meine Mutter wurde, desto glücklicher wirkte sie. Die depressiven Phasen, in denen sie sich kaum rühren konnte, waren seltener geworden, verschwanden schließlich ganz, so schien es. Sie organisierte ihr musikalisches Leben in verschiedenen Chören. Sie fing an, auf dem Kräuter- und Blumenfeld eines Freundes zu arbeiten, der mit seiner Frau bei ihr in unserem großen Kindheitshaus eingezogen war. Es schien, als könne sie, von ihren Kindern emanzipiert, genauso leben, wie es für sie am besten war. Wie viele eher stille Seelen hatte sie lange gebraucht, ihren eigenen Weg zu finden. Dass sie eine Frau war und vierfache Mutter, hatte nicht unbedingt geholfen. Nun war sie so weit und ich fand es schön, wie gut sie klarkam, mit ihrer seltsamen Ernährung, auf Schokolade, koffeinfreiem Milchkaffee und Fanta basierend, ihrer krassen Unordnung, ihrer totalen Waldorf-Versunkenheit, der Ablehnung fast aller Glaubenssätze und Errungenschaften unserer

Zeit. Nie hätte ich gedacht, dass ich meine Mutter einmal als fröhlich charakterisieren würde, optimistisch sogar.

Ich vermutete, dass ihre veränderte Stimmung etwas mit Papa zu tun hatte. Religiös, wie sie war, glaubte sie an ein Jenseits, in das die Menschenseelen aufstiegen. Je älter sie wurde, desto näher rückte der Himmel.

Ich besuchte sie, mit der Angst im Gepäck eine Abenteuerreise. Das Haus meiner Kindheit, es kam mir klein vor, als könne man es in eine Kiste wegsortieren. Dann wieder war es die Hochburg unterdrückter Gefühle, mit Wänden aus Blei. Meine Mutter und ich standen in unserem Wohnzimmer, schauten aus dem kleinen Fenster, an dem mir mein Vater früher einmal, vor vielen Jahrzehnten, die Angst vor dem Gewitter genommen hatte, einfach nur durch seine Ruhe. Dahinter der vertrocknete Bach, eine Kerbe in der Erde ohne Funktion. Ich fragte Mama geradeheraus, ob sie glaube, dass sie Papa im Jenseits wiedersehen würde.

»Da gehe ich mal schwer von aus«, antwortete sie.

»Und was machen wir mit deiner Unordnung, solange du auf den Himmel wartest«, fragte ich, zeigte auf das ganze Zeugs im Wohnzimmer, ein Haufen aus Bastelmaterial, Büchern, Möbeln, Unrat. Ich wusste immer noch nicht, wie ich das bezeichnen sollte. Gemütliche Konfusion, schreckliche Unordnung?

Meine Mutter schaute mich kurz an, senkte dann den Blick.

»Ich freue mich immer, wenn du mich besuchst und mir im Garten hilfst. Aber warum interessiert dich eigentlich mein Chaos«, fragte sie, »wohnst du nicht selbst immer in so Bruchbuden?«

Ich schwieg. Wie kleine Ostseewellen, die unsere nackten Füße kurz berührten und sich wieder zurückzogen, verging der Moment.

Ich erzählte ihr von meiner Panikstörung. Wie oft bei krassen Ereignissen oder Offenbarungen, war sie nicht schockiert, wirkte eher so, als habe sie schon lange drauf gewartet. Ihre erste eigene Panikattacke, erzählte sie, habe sie an Papas Bett im Krankenhaus gehabt, in der Unfallnacht, wo er noch ein paar Stunden künstlich am Leben gehalten wurde. Weitere Attacken folgten, als sie sich später als Musiktherapeutin im Hospiz mit Sterbenden umgab.

»Ich hätte das alles ohne meinen Glauben gar nicht ausgehalten. Als Papa da vor mir auf der Straße lag, vom Bus überfahren, habe ich sofort gewusst, noch dort am Unfallort, wo er starb, dass er jetzt ein Engel ist. Ich hatte mich viel mit ihm über das Jenseits und das Sterben unterhalten, und jetzt war er dort, wo jeder Mensch hinwill, im Himmel.«

Aber Mama, brüllte es in meinem Inneren, du warst mehr als zehn Jahre sterbenstraurig und depressiv, Papas Tod hat dein Leben zerstört und unsere Kindheit verhagelt! Und wieso nennst du die Liebe deines Lebens *Papa*??!!

Ich schrie nicht. Dafür sprach ich erstmals von meinem falschen Gefühl, dass er das schlimmere Schicksal erlitten hätte. »Dabei hattest du es schwerer, er war ja einfach nur weg, du musstest weiterkämpfen.«

»Ich bin mir da gar nicht so sicher. Bestimmt hätte er gerne noch mehr Zeit mit uns verbracht«, antwortete meine Mutter. Und dann lächelte sie ein strahlendes Lächeln, was selten vorkam. Immer wenn sie so lächelte, hatte ich das Gefühl, jetzt ist sie wirklich hier, auf der Erde.

Ich fuhr mit dem ICE zurück nach Berlin, zitterte mich durch die Tage und versuchte, die Angst zuzulassen, dieses Gefühl, das ich so lange unterdrückt hatte und das vollkommen freidrehte. Der Herbst kam, mein erster Panikherbst, ich hasste sie weiterhin, diese blöde Jahreszeit mit ihrem blöden Absterben, Verfaulen, Abkacken. Doch jetzt realisierte ich, was meine Mutter bei unserem letzten Gespräch gesagt hat: Papa hätte gerne noch mehr Zeit verbracht mit uns. Genau das, simpel und grausam, war auch mein Gefühl, ich hätte gerne noch mehr Zeit mit ihm verbracht. Doch es ging nicht, es geht nicht. Der Tod hat es verhindert.

So hatte sie begonnen, meine Geschichte der Unordnung, mit diesem Trauergefühl, das ich in meinen Bauch gedrückt hatte, immer wieder und wieder. Die Unordnung war eine Schutz-Strategie, in der sich große Kategorien vertauschten. Fühlen ist Denken, bleibt auf Abstand. Liebe ist Sex, dann ist sie leichter beherrschbar; Chaos ist Ruhe, man muss sein Herz an nichts binden; der Tod meines Vaters ein ewiges Leben in der Trauer. Jede gescheiterte Beziehung hatte, in kleiner Wellenform, bei mir ein Schmerz-Andenken an Papa erzeugt. Mit Anna fing es an, in meiner Jugend, und ging bis heute.

So stark hatte ich den Liebesschmerz mit der Abwesenheit meines Vaters verbunden, weil er so, wie ein Echo, noch einmal bei mir sein konnte. Trauer und Schmerz waren seine Monumente. Kahl und steinern ragten sie in den Himmel, ohne ihn je zu berühren. Ich hatte sie nicht zu Skulpturen verarbeitet, war nicht an ihnen nach oben geklettert, hatte kein Haus auf ihnen gebaut. Ich bin ein kleiner Junge, der zu ihnen aufschaut und seine Hände nicht von der rauen Oberfläche nehmen kann, weil er fürchtet, dass dann alles verschwindet, was noch an seinen Vater erinnert.

Wenn ich Angst habe, mich beruhigen will, denke ich aber nicht an Papa. Ich denke an meine Mutter. Genauer, ich stelle mir vor, wie sie lächelt.

NACHWORT

Dieses Buch basiert nicht nur auf Erinnerungen, sondern auch auf meinen Geschichten, Essays und Gedichten der vergangenen Jahrzehnte. Stoisch haben sie Biografie-, Gefühls- und Erkenntnis-Schnipsel für mich bewahrt, gerade dann, wenn sie nicht anspruchsvolle Literatur sind. Meiner Familie und meinen Freunden möchte ich zusätzlich für Erinnerungshilfen danken.

Danken möchte ich meiner Verlegerin Constanze Neumann und meinem Lektor Anvar Čukoski, meiner Therapeutin, der Grinberg-Trainerin Nina Kirschner, der Genesungsbegleiterin Henrika Spillner. Meiner Mutter danke ich, dass sie auch dieses Buch noch ausgehalten hat – ebenso Roberto, Niki und Joni … Ein kleiner Nebendank geht an die vier Wissenschaftlerinnen und Wissenschaftler, die über Jahrzehnte eine grandiose Studie zur menschlichen sozialen Entwicklung zusammengetragen haben, publiziert 2020 als *The Origins of You*.

ZITATNACHWEISE

S. 19, *Wählst du den ersten* … Die drei Wege, in: Ilja Muromez und der Räuber Nachtigall. Berlin 1981, S. 28.

S. 50, *Vater schaut im lichten* … Gebet aus dem Umkreis der Christengemeinschaft, Familienüberlieferung.

S. 79, *Die Erregungskurve der Mädchen* … Die neue Zärtlichkeit. Die Sexualität von Mädchen und Jungen, in: Bravo, Nr. 1, 30. Dezember 1992, S. 21.

S. 79, *Ich möchte zeigen, dass* … Erich Fromm, Die Kunst des Liebens, Kindle-Version, S. 7.

S. 103, *Herr, erleuchte meine Augen* … Illumina Oculos Meos, Lied von Giovanni Pierluigi da Palestrina, 16. Jahrhundert.

S. 113, *Zweifellos aber lässt sich* … Michel Foucault, Überwachen und Strafen. Die Geburt des Gefängnisses. Frankfurt am Main 1995, übersetzt von Walter Seitter, S. 36.

S. 119, *Gebt mir ein T-Shirt* … Mediengruppe Telekommander, Trend, 2004.

S. 126, *Mangel an Gefühlen* … *eine* … Antonio Damasio, Descartes Irrtum, München 1999, S. 87.

S. 129, *oh, the heart beats* … The Strokes, Heart in a Cage, 2006.

S. 159, *mitsamt allem, hinein ins* … Daniel Roth, aus dem Gedichtband wild dunkel, unveröffentlicht.

S. 177, *Das ist die Angst*, BLOCK Magazin, Nr. 2, 2015.